COLLECTION FOLIO

Laurine Roux

L'autre moitié du monde

Gallimard

Professeure de lettres modernes et écrivaine, Laurine Roux est l'autrice de quatre romans qui lui ont valu plusieurs prix littéraires, notamment le prix SGDL Révélation 2018, le Grand Prix de l'Imaginaire 2021 ou encore le prix Orange du livre 2022. Elle écrit également des nouvelles et de la poésie. Le Prix international de la nouvelle George Sand lui a été remis en 2012.

À STÉPHANE, L'AUTRE MOITIÉ DU MONDE.

Là-bas, tu trouveras tout ce à quoi je tiens.
L'endroit que j'aime. Où les rêves m'ont creusé les flancs.

JUAN RULFO, *Pedro Páramo*

Derrière chaque bouquet au bord de la route se tient un fantôme. Sa silhouette flotte en lisière, vie brumeuse dont on ne saura rien, à peine les derniers instants. Le reste, on peut uniquement l'imaginer : une maison non loin, quelqu'un resté seul, une toile cirée avec des motifs, longtemps on a mis une assiette en trop. Chaque fois les mains ont frémi. Cela fait cet effet de toucher l'absence.

Derrière chaque bouquet au bord de la route, la même scène : un tronc, peut-être un léger assoupissement, des éclats de verre — lumières rouges et blanches — et le volant auquel s'accroche le conducteur, yeux écarquillés une fraction de seconde avant le choc. Parfois, l'autoradio continue de tourner quand le cœur a cessé.

Derrière chaque bouquet au bord de la route, il y a une main. Qui accroche les tiges. Les doigts ont trempé dans les larmes. Depuis, elles ont séché. Mais les doigts restent lourds de chagrin.

De ce chagrin qui meut les corps, les conduit chaque semaine au bord de la route ; la ficelle, le nœud, parfois sous la pluie, décrocher, remplacer. Comme ils sont vivants, ces doigts. Ce sont eux qui ont tenu quand tout vacillait ; éplucher les légumes, remettre une mèche échappée du chignon, caresser la tête du chat quand il réclame ses croquettes. Tout tient dans cette main. Le quotidien dans une poignée. Et un jour, quand le fantôme s'est présenté, la main n'a pas hésité. Elle s'est ouverte et a dit, *Viens.*

Les fantômes, ils mangent des fleurs. Des fraîches. Sans quoi, ils meurent. Sans amour, les fantômes n'existeraient pas. Voilà ce que nous apprennent les bouquets au bord de la route.

Ce qu'ils ne nous apprennent pas, c'est qu'ici, à l'entrée des rizières, là où quelqu'un accroche chaque semaine une gerbe d'œillets à la glissière de sécurité, il n'y a pas eu d'accident. Aucun éclat de verre, pas plus que d'autoradio qui continue de grésiller. Seulement l'épaisseur chaude du bitume sur la plaine. Les gens du coin préfèrent penser que Toya Vásquez Montalbán est folle, qui dépose ces bouquets depuis que la route est route. Personne n'a envie de se souvenir des fantômes qu'elle garde vivants.

Pour l'instant, Luz Ortega ignore encore tout de la femme aux fleurs et du delta.

PREMIÈRE PARTIE

Du château, Toya n'a jamais gravi les marches. Elle arrive par l'oliveraie qui tapisse le bas de la colline, évite d'accrocher ses vêtements aux bras querelleurs des agaves, atteint les orangers. Là, elle reprend son souffle. Les abeilles couronnent son crin brun. La petite préfère ce fouillis d'odeurs aux symétries des rosiers de Madame. L'enfant n'a que très rarement aperçu la Marquise en ses jardins. Les fois où cette dernière s'est laissé voir, sa robe rouge claquait par terre, soulevant des nuages de poussière, comme si les ordres assénés à Pepe, le jardinier, propageaient leurs ondes sèches au coton.

Aujourd'hui, doña Serena n'est pas dehors. La matinée chauffe déjà les peaux. Toya profite de l'ombre d'un citronnier, avise la bâtisse, ses colonnades. Les volets sont entrebâillés, les fenêtres si nombreuses qu'on dirait des yeux d'araignée. Derrière, la famille Ibáñez vaque à ses occupations, Madame penchée sur un registre, à vérifier les comptes des rizières, Monsieur à inspecter son uniforme. Assommés par le soleil, les alanos de Carlos, le fils de la famille, somnolent dans le chenil, n'aboient même pas à l'approche de l'enfant. Elle ferme les yeux, chasse l'image du petit marquis et de ses chiens.

Toya pousse la porte. Sa mère s'affaire au-dessus de la table, pèle l'ail, le dégerme, jette les gousses au fond du mortier. Elles rejoignent les pignons et l'épaisse couche de pain grillé que Pilar broie d'un énergique coup de main. Rien qu'en humant l'air, la gamine sait quelle *picada* se prépare en vue de quel ragoût. Ce midi, les Ibáñez déjeuneront d'un lièvre à la cannelle. Quelques heures auparavant, la petite a levé la bête au collet, elle vient livrer son butin. La Marquise apprécie le gibier fraîchement capturé. Quand Toya rapporte des vivres, ça permet de grappiller trois sous en plus.

Sur le billot, à l'endroit où Pilar découpe les viandes, les mouvements du couteau ont creusé le bois en cuvette. Le lièvre y gît, trapu. La cuisinière l'attrape par les oreilles, le soupèse. Au moins quatre livres. Elle caresse les cheveux de sa fille. L'odeur de l'ail incrusté sous ses ongles se mêle aux effluves nerveux de la bête. L'enfant ferme les yeux, respire. Elle voudrait rester toute la matinée mais il faut se hâter. On ne sait jamais : un jour les Ibáñez tolèrent, l'autre ils rossent.

Quand Pilar a incisé la peau du ventre, retiré

les viscères, elle sectionne les pattes pour dépouiller l'animal. Toya récupère le pelage et les abats, se glisse par la porte arrière. Avant de rejoindre leur baraque, elle fait un crochet par le chenil, balance les entrailles aux chiens. Les alanos se jettent dessus, bâfrent la ventraille. La gamine observe la voracité des dogues. Leurs muscles roulent sous la peau. Elle déteste la forme pointue de leurs oreilles. Pilar raconte que Carlos les taille aux ciseaux, les chiots à peine âgés de quelques semaines. Le jeune marquis lâche ensuite les restes de pavillons sur la table. Lui ordonne de les accommoder avec une sauce au piment. Des gouttelettes de sang constellent sa chemise à jabot.

Chaque fois que Toya vient au Château, Pilar lui confie une bricole à donner aux molosses. Si l'un d'eux venait à s'échapper, peut-être épargnerait-il sa fille ?

Quand la petite disparaît derrière la porte, la mère se signe. Le Château n'est pas un endroit pour les enfants. Elle lève le hachoir et tranche la tête du lièvre.

*

Sur le chemin du retour, Toya repère deux tortues sur une berge. L'une cherche à grimper sur l'autre, blottie dans sa carapace. Celle de dessus tend le cou, ouvre la gueule. Une langue y pointe, isocèle rose. De son ventre, l'animal frappe le dos de l'autre. L'enfant s'approche, observe, rapidement interrompue par un taon qui vrombit autour de sa tête. Elle secoue ses bras, reprend la route de la chaumière.

Juan, son père, n'est pas encore revenu des rizières. En l'attendant, elle dégraisse la peau du lièvre, la met à tremper. Puis elle grignote quelques olives, un morceau de pain, et se déshabille. Le soleil chauffe le sol sablonneux. On y voit presque trouble tant il fait chaud. Toya s'oublie dans le delta quadrillé par les chemins de terre et les canaux, s'oublie au bord des bassins bordés de joncs et de roseaux, se fond dans les aplats beige, jaune et bleu. Un peu étourdie, elle avance pieds nus, repousse les touffes d'herbes hautes ; le rideau végétal se referme sur elle. L'enfant pénètre dans l'eau, bouillon saumâtre. Elle bascule la tête en arrière, laisse son corps affleurer. Offre son visage, ses seins naissants et la surface de ses cuisses au soleil. Le reste barbote dans l'eau. Elle sait que des bêtes vivent là-dessous, cette idée lui plaît.

Longtemps Toya demeure ainsi. Un héron se pose non loin, capture un vairon. Les plumes noires en demi-lune au-dessus de ses yeux lui donnent un air sévère. La petite songe au padre Miquel. Avec ses sourcils broussailleux, lui non plus n'a jamais l'air content. Cela fait un moment que le curé n'est pas venu à la baraque, peut-être a-t-il baissé les bras. Seule Pilar se plie au rituel, davantage par superstition que foi véritable. Juan se moque de sa femme quand elle repasse sa robe pour la messe, il lui fait des discours auxquels la gosse ne comprend pas grand-chose.

D'autres paysans se joignent parfois à lui, le soir, sur la terrasse. Ils s'échauffent sous les glycines. Les mots parviennent jusqu'à la paillasse de Toya dans un brouillard de tabac et de vermouth. De temps en temps, Francisco rapporte de l'*horchata de chufa.* Le père accepte que l'enfant se relève pour en boire un verre. Elle a beau reconnaître chacun des hommes, la nuit, leurs barbes sont plus sombres, leurs transpirations plus fortes. Francisco la fait sursauter, *Alors, à quoi t'as passé ta journée ?* Toya compte sur ses doigts : une, deux, trois grenouilles, elle les a capturées dans l'étang, et six orties de mer, *C'est ça que tu manges.* Le ton, pas discipliné, les gars aiment ça chez elle. Parce qu'elle n'est pas leur fille. Juan la reprend. Mais Francisco frotte la tête hirsute, *Pequeña salvaje,* petite sauvage, voilà comment il tempère les remontrances. À vrai dire, Juan n'est pas fâché, Toya le sent bien, qui laisse la tiédeur de la soirée l'envahir. Ce serait bon de rester avec eux, la chaleur et le plaisir l'emprisonneraient jusqu'à ce qu'elle ne puisse plus bouger. La nuit a ce pouvoir. Mais il est tard. Le père ordonne, il faut aller au lit, des affaires à régler. Elle vole un beignet avant de filer.

Depuis peu, un jeunot a rejoint le groupe. Ce soir, il est là. Toya remarque que les autres sont économes en paroles, que l'air se bande. Le nom d'Horacio arrive jusqu'à son lit. Celui de Barcelone aussi. Des études, un concours, toutes choses qu'elle ne connaît pas. Chez eux, personne n'est jamais allé à l'école. Toute la soirée, la gamine se concentre, s'étonne des inflexions légèrement aiguës du nouveau. Ses propos sont troués d'hésitations, de silences. Rien à voir avec ceux des paysans du coin. Eux, on dirait qu'ils tranchent leurs phrases comme du pain, avec l'assurance tranquille de la chose à faire. Horacio, la petite le sent, prend d'autres chemins. Elle ne saurait lesquels, reconnaît une façon de faire, celle de tourner autour d'une idée, de l'éviter pour mieux y revenir, et, la chose empoignée, de répéter le mot deux ou trois fois, histoire d'en finir : ce rythme, ces trajectoires, Toya les emprunte quand elle course une bête. Sa curiosité est piquée, elle se lève sur la pointe des pieds, traverse l'odeur de glycine jusqu'à l'embrasure de la porte, glisse un œil, le cœur battant. Tout se relâche dans la déception. L'inconnu n'a rien d'un braconnier ; ni bras robustes ni corps vaillant. Seule la bouche contraste avec le reste, singularité charnue dans un ensemble qui s'efface : le bleu des yeux se délaie dans la pâleur de la peau, les cheveux s'enfuient pour laisser le front haut. Tout s'amoindrit jusqu'aux doigts qui n'en finissent plus. À quoi s'attendait Toya ? Elle ne sait, mais fronce le nez. Toute cette blancheur, cette finesse… Soudain, elle tressaille. Les mains d'Horacio ressemblent à celles de Carlos : ce sont des mains de femme. La petite déguerpit, se blottit sous les draps. C'est décidé, elle déteste le jeune homme. Francisco finit de la convaincre en demandant à Horacio si la chambre au-dessus de l'école fait l'affaire. C'est donc le nouvel instituteur ! C'en est trop. Elle voudrait rentrer dans le matelas, devenir tortue : l'école, on n'y attrape que des crampes. Qui sait si ses parents ne voudront pas l'y envoyer ?

Dorénavant, dès qu'elle entend le maître, Toya s'enfuit. On a beau l'appeler pour boire un verre d'*horchata*, elle a toujours mieux à s'occuper. *Indocile, mal élevée*, dit le père. La vérité, c'est que la gamine n'en mène pas large. Elle veut à tout prix rester hors de portée, et fait de son lit un refuge. Comme ce n'est pas assez, elle se bouche les oreilles. La voix des hommes lui parvient dans un bourdonnement.

Un soir, l'une d'elles vrombit plus fort que les autres. L'enfant presse ses paumes contre sa tête mais le son s'insinue, tapisse ses conduits, lui colonise le ventre. Elle l'a reconnue, c'est l'inflexion d'Horacio. La voix est là, sous les draps, un peu plus grave que de coutume. Toya fait des gestes désordonnés, de ceux qui éloignent les taons. En vain : plus de trêve ni de suspens, les phrases avancent, le flux s'élargit, pénètre tout :

talons, crâne. Jamais elle n'a rien entendu de pareil ; les mots n'ont plus leur sens habituel, le chien n'est pas le chien et il n'aboie pas, la lune coule en filet d'huile d'olive, tout sonne si étrangement. Les oreilles de Toya chauffent, elle les frotte, mais le flot est implacable, coulée de lave, épaisse de colère, collante et brillante, on dirait du feu ; ses poumons brûlent, même aux heures les plus chaudes elle n'a vécu pareil embrasement. Elle pense à l'Èbre qui chemine coûte que coûte, à cette langue de boue, grasse et fertile, née pour atteindre l'embouchure, capable d'engrosser la mer de ses alluvions. Et soudain, la voilà debout, seulement vêtue de sa chemise de nuit, mue par une force qui la pousse vers la terrasse, la propulse devant l'instituteur. Elle ouvre grands ses yeux ; le corps du jeune homme se déploie en delta, terre et mer, gigantesque, tandis que ses mains courent sur les pages, ruisseaux vifs, et de cette première rencontre avec la poésie — plus tard, Toya apprendra qu'Horacio lisait un poème d'Antonio Machado —, elle ne retiendra que l'odeur de foudre après l'orage : l'enfant vient d'être fendue en deux par la force des mots.

Maintenant, le silence. Les hommes hochent la tête. Horacio se tient face à Toya, à nouveau frêle, un peu tremblant, lèvres charnues dans leur ensemble tendre. Il pose le livre sur la table. La gamine aimerait en lire le titre mais elle ne sait pas, se mord l'intérieur des joues. Horacio baisse son regard vers elle, *Bonsoir.* Il sourit. Toya voudrait planter ses pupilles en canif dans les siennes, lui faire payer ce qui vient de se produire. Mais elle cligne bêtement des yeux. Francisco se moque. Elle ne l'entend pas. Son corps déborde de partout.

*

Les visites d'Horacio continuent. Toya refuse de se montrer, mais elle ne se bouche plus les oreilles, se surprend même à guetter. Un mot revient. Qu'elle emplit avec ce qu'elle peut. Le *syndicat.* Ce doit être quelque chose de désirable puisque Horacio laisse traîner la dernière syllabe. Une masse flottante, floue mais colossale. Peut-être une construction, en tout cas quelque chose de solide, dans un bois bien poncé — arche ou navire, capable d'abriter tous les habitants des baraques. Mais rapidement la petite ronfle, ronronne plutôt, rêvant d'horizon et d'échafaudages.

Ce matin, la sonnette du vélo de Pedro l'arrache à ses songes. Le jour beurre à peine l'horizon. Toya s'extirpe de sa couche, avance pieds nus sur le seuil. La cafetière siffle sur le feu, Pilar s'affaire au-dessus d'une poêle. Pedro s'installe sous la pergola, tape du plat de la main la chaise à côté de lui ; la gamine s'assoit. Ils s'aiment bien ces deux-là, c'est leur rituel. La fumée s'échappe de la tasse, déroule son odeur de petit jour. L'enfant garde les yeux fermés, hume l'air. Pedro sent fort. La haute mer. Il revient du chalutier. Les mailles de son chandail retiennent encore un peu d'écume et de vent. Toya se laisse dériver. Le marin la regarde, un sourire en coin, puis balance le sac sur la table. Elle bondit tandis que les seiches se répandent en tentacules. Il éclate de rire et Pilar accourt en faisant semblant d'être fâchée. On ne joue pas avec la nourriture ! En vérité, elle n'a d'yeux que pour les bêtes, tâte leur chair, *Dios mío* qu'elles sont belles ! La Marquise en donnera sûrement un bon prix, Pilar paiera Pedro quand ce sera entendu. En attendant, elle en met deux ou trois de côté, pour préparer un *arroz negro* — le riz à l'encre de seiche, sa spécialité —, *Viens donc manger ce soir, maigrichon.* Pedro hésite, son dos lui tire, il pianote sur la table. Allez, marché conclu. Pour sceller l'affaire, il tapote la cuisse de la gamine. Et ajoute — l'*arroz negro* de Pilar ça ne se rate pas plus qu'une occasion de s'en prendre au curé —, *Ta mère, elle ferait bouffer le padre Miquel en plein Carême.* Depuis l'intérieur, Juan renchérit, *Le padre Miquel, il a besoin de personne pour s'empiffrer,* et il sort en enfilant son veston. C'est l'heure. Les hommes se serrent la main, *À ce soir, alors.* Ils en profiteront pour discuter de cette histoire de syndicat. Même s'il faut y regarder à deux fois, pas se précipiter. Vrai, mais ça peut plus durer comme ça. Et les deux hommes de se donner l'accolade, *Hasta pronto amigo.*

*

Pilar ne tarde pas non plus. Toya l'accompagne, elle l'aidera à préparer les seiches. La mère et la fille progressent à travers la lagune. Le matin, tout oscille, du beige au jaune poussin ; la peau, le sable, les herbes sèches, le tronc des oliviers. Même les feuilles paraissent enrobées d'or. À la manière de la crème ou de la farine, cette lumière lie le paysage, l'homogénéise. Les voix se mettent au diapason, on murmure. La cuisinière tâte une olive sur une branche. Pas encore la saison de la récolte, plus celle des fleurs, *C'est le temps du noyau.* En juin, l'olive se déploie du dedans. Le cœur durcit, la pulpe s'épaissit. Pilar jette un œil à sa fille. Elle aussi a changé. La mère voudrait s'en réjouir, mais les colonnades du Château apparaissent, lui ôtent toute envie de musarder. Partout le marbre matifie les rayons, étale ses veines noires, et elle sent bien qu'une seule bâtisse suffit à frelater le delta. La pomme pourrie dans le panier.

Pilar et Toya croisent Pepe, déjà affairé à tailler les buis. On se salue sans un mot, depuis le temps ; un signe, une main qui ôte le chapeau, c'est assez. Pepe vit sur place, dans une masure attenante au Château. Il se lève dès potron-minet, s'occupe des plantes avant même de boire son café au lait. *Quand il fait trop chaud, elles veulent la paix.* Il prend soin de chacune : les roses de la roseraie, les herbes du carré de simples, les crocus qui donneront le précieux safran, la tribu rouge orangé des agrumes, et tous les légumes à côté du puits. Elles sont sa seule compagnie ; Pepe n'a pas de famille. *Un soso* — un de ces vieux garçons, un « fade » —, désapprouve la Marquise qui compare volontiers les hommes aux taureaux. Chez les premiers comme chez les seconds, tout se situe dans les couilles : la bravoure, la noblesse, la force, ce qui rend digne en somme. Alors, imaginez une mauviette qui nomme ses roses. Pour être honnête, ça la dégoûte. La plupart du temps, la Marquise se gausse, *Pépénis-fantôme, Pépeine-à-jouir, Pépimpuissant, Pépédéraste,* elle dégoise de la chantilly plein les dents quand elle convie ses amies pour le goûter du mardi. En vérité, la Marquise craint le petit bonhomme, sa délicatesse, ses manières dont ni son mari ni son fils ne sont capables ; une salive désagréable envahit sa bouche tandis que ses incisives de cheval s'échouent dans la pâte à chou. Pour éviter de flancher, elle rit, postillonne un peu sur Carlota, sa confidente, qui n'ose reculer. La Marquise a raison de détester le larbin. Lui aussi pense parfois du mal d'elle. Dieu merci cela n'arrive pas souvent, il prie, le vieux jardinier, chasse l'impureté — à l'église, on désherbe son âme comme on tient son potager —, mais à la faveur d'un relâchement, d'un accès de fatigue, quelque chose de violent pousse au fond de son ventre, un chiendent trop vivace pour qu'il l'arrache à temps. Il a beau se signer, implorer tous les saints, ça se tord et ça crie, *Qu'ils crèvent tous, ces cochons.*

*

La lourde porte piquetée de clous se rabat. Chaque fois, le cœur de Pilar réprime un émoi. Elle imagine aisément la trappe des cachots se refermer avec ce même timbre mat. À l'intérieur, c'est son antre. Peu de lumière, on est à l'arrière du Château, la vie des domestiques n'appelle aucune splendeur, juste une vitre horizontale enchâssée dans le mur en chaux. On y aperçoit les feuilles des eucalyptus ; bleutées, elles lorgnent le sol comme autant de petites faux. Le père de la Marquise a fait venir les arbres du Maghreb il y a fort longtemps ; leur parfum éloignerait les moustiques. Pilar trouve avant tout qu'ils obstruent le jour, elle aimerait y voir plus clair : on cuisine avec le nez, mais aussi avec les couleurs.

Elle déballe les seiches sur la table. Cinq bêtes de belle taille, zébrées de marron. Les lave à grande eau. Pour le riz, il faut prélever la poche d'encre sans la crever. Toya glisse ses doigts à l'intérieur de l'animal, c'est gluant et dur à la fois ; l'os n'est jamais loin, prêt à sectionner les phalanges. Elle extrait précautionneusement cette ogive. Puis elle coupe les parties comestibles — ailes, tentacules, muscles —, les dépiaute. Tout, à l'intérieur, se révèle vierge, laissant penser que la bête a concentré ses vicissitudes dans cette liqueur noire. Toya se demande : en va-t-il ainsi des êtres humains ? Existe-t-il chez les meilleurs, sa mère par exemple, une poche qui retiendrait toutes les pulsions ? La petite scrute le visage de Pilar, sa douceur inviolable. Occupée à faire dorer les oignons, celle-ci ne lui prête aucune attention, saisit la vésicule et la presse. Le mucus gicle et obscurcit le fond de la poêle. Toya le sent, quelque chose au fond de sa mère, loin dans ses chairs, sécrète des humeurs. C'est pourtant d'une voix enjouée que Pilar lui réclame deux piments et trois tomates. Toya pousse la porte, file au potager.

Pepe n'est pas là. L'enfant tâte les fruits, s'attarde un instant sur les teintes orangées, les veines rouges qui irriguent le cœur. Soudain, un bruit. Staccato de pattes, friction de poils, souffle puissant, humide. Toya comprend tout de suite : un alano a dû s'enfuir du chenil. Elle se contracte, serre les poings : à force, peut-être disparaîtra-t-elle, liquéfiée dans une poche noire de peur ? Il lui suffira de libérer le nuage d'encre, comme les seiches. Mais Toya n'a rien d'un mollusque. Dans quelques secondes, elle sera face au chien, à cette espèce venue jadis de contrées barbares, dressée par les Scythes pour grossir les armées, déterrer les survivants sous les monceaux de cadavres, et les achever à coups de crocs. Alors, dans la clarté immobile qu'offrent les grands périls, l'enfant ne trouve rien d'autre à répliquer que de cueillir une tomate et de croquer dedans.

L'alano fonce sur elle, le menton de la gamine dégouline, celui du molosse aussi. Bientôt sa gueule s'ouvre. Toya pourrait pleurer, hurler, ce que l'on fait quand s'annonce la mort. Mais elle ne pense qu'à une chose : à la tomate, rien qu'à la tomate, elle ne saurait trancher entre l'acide et le doux. Parfois, ce n'est pas grand-chose, le courage ; un peu de sucre sur la langue. L'air se tend, les pattes du chien aussi : tout est joué. Mais un coup de fouet fige la scène. Un nerf de bœuf a fendu le sort. L'alano écume, retenu par on ne sait quel envoûtement, de la poussière voltige, et dans ce poudroiement une silhouette se détache. Longue, nonchalante, cadence ignoble ; sourire mi-figue, mi-raisin. C'est à ce moment que la petite se met à trembler. Tout son corps grelotte. N'importe qui aurait pitié. Pas Carlos. Toya perçoit l'odeur du vétiver dont il s'asperge après ses bains aux écorces de citron. Qu'on ne se méprenne pas, Carlos n'a rien d'une *chica;* les pédales, les fiottes, c'est bien simple, il leur tranche les couilles. Voilà comment il parle. Il aime les femmes, il les aime immodérément — leur chevelure, le poil aux aisselles, la lisière foncée des mamelons, tout ce qu'elles cachent sous leurs jupes ; il plonge dedans, sauvagement. *Un bruto*, murmurent d'aucuns. Et Carlos lorgne l'entrejambe de la fillette, à tel point qu'elle se fait pipi dessus. Il hume l'air, renifle le parfum de la honte mêlée d'effroi. À aucun prix la gamine ne veut pleurer. Alors elle plante ses yeux dans ceux de l'homme. Les garde harponnés quand il s'approche, harponnés quand il relève sa tunique. *Pauvre petite souillon...* Voilà où cela mène, de voler des tomates. Faut-il qu'il lui apprenne ? Il obtient d'excellents résultats avec ses chiens. Toya le mordrait de rage, Carlos mériterait qu'elle lui balance des insultes comme des pierres, *Coño, cabronazo.* Mais elle tremble de partout, se laisse engloutir par l'humiliation. Elle finit par trouver un peu d'air au fond de son ventre et articule, *Je voudrais trois tomates et deux piments* — un temps —, *s'il vous plaît.* Le visage de Carlos s'illumine. Tout sonne faux, jusqu'à son *Voilà, une, deux, trois tomates et deux piments.* La petite prend les fruits, la fuite. Elle court à se tordre les chevilles, dérape sur les feuilles d'eucalyptus, jette son corps contre la porte, aussi fort que les oiseaux contre les vitres.

Ça fait mal, un mal de chien, mais elle est à l'intérieur.

Pilar remue le riz pour qu'il n'accroche pas, jauge les tomates, les piments, *Ça ira.* Elle les aurait préférés plus mûrs, mais, *Vale.* Toya ne pipe mot. La mère recoiffe un peu sa fille, *Sauvage, petite folle.* L'enfant ne demande pas son reste, file à la baraque. Là, d'un geste rageur, elle ôte sa culotte, saisit une seiche dans le seau, et la frappe contre le mur jusqu'à ce qu'il ne reste rien de l'animal.

*

Pedro fait tinter la sonnette de son vélo. Habituellement Toya accourt, l'escorte jusqu'à la tonnelle. Mais ce soir elle ne s'est pas précipitée, ne montre même pas le bout de son nez. *La gamine fait du boudin,* marmonne Juan. Juste avant, Pilar a vérifié le front de l'enfant. Heureusement, pas de fièvre. Dans le coin, il est rare d'échapper à la malaria. Lorsque les accès sont trop forts, on ne songe pas au dispensaire, à plus de quarante kilomètres de là ; seuls les Ibáñez possèdent une automobile. Alors, on laisse passer les crises. Les paysans sont coriaces, ils serrent les dents. De temps en temps, la Marquise enregistre un décès. Quand il s'agit d'un homme, elle propose à un fils de prendre la relève. S'il n'y a pas de garçon, Madame prie la famille de quitter les lieux. Elle possède la quasi-totalité du delta, l'exploite en fermage. La Marquise a tous les droits.

C'est bien ça le problème. Pedro pince ses lèvres. De quoi parle-t-il, au juste ? Toya grappille des bribes, *faire quelque chose, comme des chiens, les salauds, se réunir,* les hommes discutent à voix basse, elle n'entend pas bien mais le mot est revenu, elle en est sûre, le *syndicat,* avec le vent qui souffle dedans, le sel dans les amarres et le bleu des rives nouvelles. Toya aimerait l'entendre encore, surtout ce soir. Mais Pilar sert le plat. Seul le bruit des fourchettes. Après une ou deux bouchées, Pedro soupire, *De puta madre, ce petit goût de caramel...* Il ne finit pas sa phrase, masse son ventre pour dire son ravissement. La fierté empourpre le visage de la cuisinière. Elle baisse les yeux, s'empresse de tempérer, *C'est la tomate, il faut qu'elle accroche un peu en fin de cuisson.* Pedro cligne de l'œil en direction de Juan, *T'en as de la chance, mon cochon.* Autour, les grenouilles coassent. Peut-être acquiescent-elles ? Ou bien est-ce seulement la saison qui veut ça — des cris d'amour comme autant de coïts. Depuis son lit, Toya écoute, meurt d'envie de rejoindre la tablée, elle le pourrait, on l'accueillerait de bon cœur. Mais son corps est encore dur de colère. Elle pourrait enfoncer ses doigts dans de la chair, arracher des suppliques. À la place, des feux intérieurs s'allument. Cette nuit-là, ils l'empêcheront de dormir.

En partant, Pedro a oublié — ou laissé — un bulletin sur la table. Toya tombe dessus au petit matin. Elle observe la gravure. Un homme brandit un fusil au milieu des rizières. Dans le prolongement du torse, le bras darde vers le ciel. Si quelqu'un se tenait tout près de la gamine, il entendrait son cœur cogner. Plus tard, elle retourne à ses furetages, gratte le sable, débusque un coquillage. La surface de porcelaine appelle ses rêves et ses suspensions d'enfant. Mais elle garde un arrière-goût déplaisant, une amertume. Ce matin, elle aurait aimé comprendre les signes autour du bras de cet homme. Toya sait qu'ils forment des mots, qui forment des phrases. Pour la première fois, elle se reproche de ne pas savoir lire.

*

Les semaines suivantes, Toya musarde, se dérobe aux obligations. Elle baguenaude. Un observateur appliqué pourrait se faire cette remarque : la gamine arrondit ses pas, gauchit sa trajectoire, la resserre, et si elle ignore ce que ses pieds dessinent, tous ses mouvements tracent d'impeccables figures géométriques, une série de larges cercles concentriques qui, petit à petit, se rapprochent du muret de l'école. Pour l'heure,

Toya le nierait. Elle croit sincèrement que seul le hasard l'a poussée à suivre cette piste. Voilà ce qui l'a menée aux salines.

Un sirocco léger ride la surface de l'eau. Des échassiers tricotent un pas ou deux. Toya n'y prend garde, son attention entièrement retenue par une mante religieuse — un amas blanc et crémeux sort de ses organes génitaux, forme une mousse structurée d'alvéoles. On dirait une pâtisserie. L'enfant scrute la régularité du cocon, les palpitations du ventre. Soudain sursaute. On a ricané dans son dos. C'est Maria. Toya ne l'a pas entendue arriver. La vieille se tient à quelques centimètres, toute de nippes vêtue. Le bas de sa robe dégoutte, on la croirait émergée du fond des eaux. De fait, l'aïeule pue la vase. À ses pieds, un tamis, un seau grouillant de civelles. L'ancêtre lui fait signe. Qu'elle approche, allez, oui, voilà. Du bout de son index, la vieille trace des motifs sur le front de l'enfant, embrasse la pulpe de ses petits doigts, les appose entre ses sourcils. La fillette réprime un mouvement de recul. Avec une dextérité surprenante, l'autre lui attrape le poignet. Peau étique, arthrose, mais force de rapace. Qu'elle se dépêche, oui, comme ça. Et elle tire la jupe de la gamine, verse les civelles dans le creux du coton, puis fait claquer sa langue. Toya n'ose pas se rebiffer, on raconte tellement de choses sur l'aïeule. Elle ne demande pas son reste et détale en direction du Château.

Dans le virage, elle se retourne : un souffle de vent a fait disparaître Maria. La chaleur a beau cogner son crâne, Toya frissonne. Elle reprend sa course, ignore les herbes qui cinglent ses mollets, les alevins qui s'entortillent ; grimpe la colline, traverse la roseraie en saluant à peine Pepe, et s'adosse hors d'haleine au mur de la cuisine. De curieux coups parviennent à ses oreilles. Le hachoir ? Le pilon ? Toya attend que le bruit ait cessé, actionne le heurtoir. Sa mère finit par ouvrir. Était-ce une ombre dans le couloir ? La Paloma qui balaie ? Toya n'aime pas croiser la mégère. Quand la femme de ménage ne passe pas son temps à l'église, elle le dépense à cancaner. La gamine montre le contenu de son cotillon à Pilar, *Des bébés anguilles.* C'est sorti comme ça. Elle transvase à la hâte le menu fretin dans une gamelle, sans prêter attention à sa mère qui se retient de vomir.

Toya ne rentre pas directement à la baraque, s'arrête au bord d'un bassin et glisse dans l'eau saumâtre. Elle laisse les carpes s'enrouler autour de ses chevilles, attend. L'enfant se demande si un jour, les histoires des grands seront moins opaques.

*

La maison est vide. Toya ôte sa jupe qui empeste le poisson. Elle reste jambes nues, peau rôtie par le soleil. Puis elle prépare du *pan con tomate,* des tranches de pain frottées d'ail et de tomate qu'elle arrose d'huile d'olive, et mâche sans fermer la bouche, c'est meilleur. Un peu plus tard, elle aperçoit la silhouette de son père au bout du chemin, allumette carbonisée dans les orangés du soir. Juan porte son baluchon sur l'épaule, son corps ploie à force de se pencher pour curer les digues, labourer les parcelles, les herser et y repiquer les touffes de riz. Toya le regarde avancer. Elle aime son ossature forgée par la besogne, sa casquette un peu de biais qui dit, *Je fais ce que je veux,* sa peau tannée, son œil gauche plus fermé que l'autre, ce léger dépôt de sel sur sa barbe. C'est un dur, Juan, ça se voit du premier coup. Pas le genre de bonhomme à s'embarrasser de salamalecs, droit dans ses bottes. C'est lui qu'on appelle quand un gars déconne. Les ivrognes, les castagneurs, il sait les calmer. Un regard appuyé, juste ce qu'il faut, sans perdre sa fraternité : la trempe d'un chef, même si on ne veut pas de ça par ici.

Juan dépose son barda, allume une cigarette. Il flatte les cheveux de sa fille, *Hola pequeña,* mégot coincé à la commissure des lèvres, parcourt des yeux la ligne d'horizon, aspire une longue bouffée. Ce soir il rejoint le groupe, *le collectif,* c'est comme ça qu'il dit. Toya n'a aucune idée de ce que cela peut signifier, elle comprend juste que son père rentrera tard, qu'il ne faudra pas l'attendre. Juan emballe sa part de pain dans un torchon et jette sa veste sur son épaule.

Hasta luego, pequeña.

Hasta mañana, Papá.

Même silhouette sur le chemin, même allumette dans le feu du soir. Toya s'assoit sous la tonnelle. Les insectes vrombissent dans le toit de feuillage. Les derniers rais de soleil cuisent sa nuque, elle picore un peu de pain aillé, puis observe longuement les fourmis qui transportent les miettes.

Pilar ne rentre qu'à la lune haute. Elle trouve Toya assoupie sous la pergola, embrasse la tignasse brune de l'enfant, *Il est tard, il faut se coucher.* Voix douce, éreintée. La gamine ouvre des yeux pleins de sommeil, entraperçoit le visage de sa mère. Triste, épuisé. Elle s'inquiète, *¿ Mamá, cómo estás ?* Pilar passe sa main sur la joue de sa fille, *Gentille, gentille petite…* Rien de grave, une fatigue passagère, et elle la guide vers l'intérieur, la déshabille. Le Marquis revient pour la Saint-Jean, il sera accompagné du *coronel* de Córdoba. Madame est dans tous ses états, elle veut un menu de roi. Toya glisse entre les draps. Sa mère s'accroupit, lui chantonne à l'oreille la liste des plats, *Beignets, petits pains, brioches, fruits confits, poivrons grillés.* Elle rabat le coton sur le nez de l'enfant, *Pata negra, farcis d'anchois, œufs au crabe, oreilles de porc.* Toya ferme ses paupières, ronflote déjà. Pilar pose sa tête contre le matelas et laisse enfin couler ses larmes.

*

La cuisinière contemple les mets alignés sur la longue table, souffle un grand coup et remercie Dieu : toutes les tapas, tous les plats et tous les desserts, elle les a finis à temps. *El coronel* de Córdoba pourra s'en mettre plein la panse. Elle essuie son front, prend la direction de l'étage et toque à la porte. Voix lasse depuis l'intérieur : qu'on ouvre donc. Serena Ibáñez est assise devant sa coiffeuse, son déshabillé de mousseline laisse apparaître son buste dans le reflet du miroir. Mal à l'aise, Pilar baisse les yeux. *Quoi ?* La domestique n'a jamais vu une paire de seins ? La Marquise rit, tétons dardés sous le tissu. Elle se lève, attrape son porte-cigarettes, traverse la pièce. Son pubis noir apparaît entre les pans de gaze. Pilar voudrait fermer les yeux, cesser de voir. Son malaise amuse la châtelaine, qui s'approche. Le parfum capiteux de sa poudre de riz le dispute aux effluves de tabac. *Eh bien, qu'y a-t-il ?* Pourquoi l'incommoder en pleine toilette ? Pilar bafouille. Elle n'avait pas l'intention de la déranger, souhaitait juste la prévenir que tout était prêt. La Marquise part d'un grand rire de gorge. Puis s'arrête, visage de nouveau sévère, *Heureusement.* Elle aspire une bouffée, recrache la fumée à la face de Pilar, *Il ne manquerait plus que ça.* La domestique ne sait plus où se mettre, s'englue dans des excuses mal formulées. Elle a tellement envie de fuir, de rejoindre la baraque. Les tapisseries baroques, la soie sur les sièges, toute cette jungle d'or l'oppresse. La Marquise pérore en agitant sa cigarette. Les bonnes de la ville ne vont pas tarder, elle les a fait venir de Barcelone — sur les recommandations de Carlota. Leur brigade se chargera du service. Les filles d'ici présentent trop mal. Doña Serena ôte une saleté coincée sous un ongle, soupire, *Allez, prenez-le, votre congé pour la Saint-Jean. Exceptionnellement.* La Marquise a détaché le mot comme on balance des restes au chenil. Elle pousse la porte de son chausson. Le chêne verni se rabat sur Pilar. Faut-il toujours en passer par tant de crainte, d'humiliation ? Elle voudrait faire bouffer ses airs de catin à sa patronne. *Vale,* s'accrocher au jour de repos : donné de bonne ou de mauvaise grâce, ça reste un jour de repos. Pilar dénoue son tablier, s'engage dans les escaliers. Elle n'a pas vu la silhouette rencognée au rez-de-chaussée, sent juste une main qui l'agrippe au passage et l'engloutit dans l'ombre du cellier.

*

Au souper, Toya trépigne. Elle a tellement hâte. Le lendemain, ce sont les *correfocs.* La gamine ne raterait la fête à aucun prix. Il y aura le brasier et les rondes, les diables et les percussions, on brûlera la nuit la plus courte de l'année ! Elle gigote sur sa chaise, un asticot. Juan lui jette un regard sévère. Qu'elle se tienne mieux, *On est à table.* L'enfant mange l'intérieur de ses joues, retient son excitation. Quand Pilar se lève pour débarrasser, personne ne remarque son vertige. Oh, léger, mais suffisant pour qu'elle s'appuie au dossier de la chaise. Elle va chercher les œufs, la farine pour préparer la *coca de Sant Joan.* Tandis qu'elle casse les coquilles, que le sac translucide glisse avec le jaune, sa tête continue de tourner. Toutes ces pâtisseries, elle n'en peut plus. Il lui faut se cramponner au plan de travail — allez, un dernier effort, la petite aime tellement ça —, alors elle ajoute le sucre, le lait, bat le mélange, de plus en plus vite, de plus en plus fort, finit par touiller avec une rage insoupçonnée. Tout ce qui la dégoûte, tout ce qu'elle subit, elle le fouette au fond du récipient. Les seins de la Marquise, les babines des chiens, les moulures, elle les réduit en bouillie. Les mains de Carlos, ses coups à l'intérieur d'elle, Pilar les pulvérise. À bout de souffle, elle fait une pause. La mousse crépite. Il est temps d'ajouter la fleur d'oranger. Aussitôt la crème blondit, laissant échapper l'odeur coquette du néroli. Juan a rassemblé des brindilles, des bûches. Il gratte une allumette. Le four s'allume, cœur rougi de la maison. Dans le dos de

Pilar, la chaleur abonde, modeste, généreuse. Cette beauté, celle de son foyer, elle se le jure : ils ne l'auront pas.

Le lendemain, mère et fille passent la journée à coudre. Elles s'affairent au-dessus de vieux sacs en jute rapportés des hangars. Habituellement, les besaces servent à la manutention du riz ; ce soir, elles deviendront costumes de diable et de diablesses. Toutes les deux s'appliquent, piquent, tirent les fils, repiquent, point avant, arrière, sans relâche. À côté, la brioche fourrée repose sous un chiffon. Son odeur doucit la brise de juin. Pilar aimerait goûter cette quiétude, mais une nausée l'en empêche. Au réveil, elle a eu envie de rendre. Impossible de l'ignorer, il faudra aller voir Maria. N'était la gamine, Pilar en pleurerait. Toya s'évertue à la tâche, langue coincée entre les dents, mimique d'enfant sous les traits qui se précisent. La mère s'accroche à cette tendresse. Les potions de la vieille, ses aiguilles à tricoter, ce sera pour plus tard.

De retour des rizières, Juan découvre les costumes, sourit. Des trois, il se demande lequel est le pire. Puis il embrasse sa femme et sa fille. Une fois accoutrés, ils prennent la *coca de Sant Joan* et se dirigent vers le village. On dépasse la baraque de Pedro, celle de Francisco et Dolores ; au fur et à mesure les paysans se joignent au groupe. Eux non plus n'ont pas l'air de grand-chose. La troupe avance, difforme, grossie de chaumière en chaumière, des cousins, des cousines, tissus sales, maquillages de fortune, les Cortés déguisés en chèvres, les Prats en sorcières, certains martèlent la piste de leur bâton, tous font peur, ça soulève des choses à l'intérieur. Et sans que personne ne l'ait décidé, le cortège entonne la *Santa Espina, Nous sommes et nous serons catalans* — la poussière monte — *qu'on le veuille ou non* — elle épaissit — *il n'y a pas de terre plus fière* — haut dans le ciel — *sous le manteau du soleil.* Les voix se superposent, frustes, cassées, leur somme déplie les colonnes vertébrales, gonfle les poumons. Toya lève la tête vers son père, il marche, drôlement debout, *Dios mío,* qu'il est beau.

Voilà comment la procession arrive au village, telle une crue, débordement cochon et crotté, de ceux qui accouchent de deltas. En débarquant sur la placette, les hommes s'abreuvent à cette sensation. De cette chose — née de leurs corps, de leurs corps ensemble, souffles et peines ajoutés — ils sentent que peuvent survenir de grands changements. Ils ne disent pas révolution, ils n'ont pas ce vocabulaire, pourtant c'est ce qui frémit. Ce soir, l'élan dont ils ont parlé pendant les réunions, il anime leur carcasse ; de la plante de leurs pieds jusqu'à leurs dents. Cette terre, cette poussière, elle est à eux. À leur force de travail.

Alors, quand le jour cède à la nuit, les feux explosent avec une joie féroce. Bras, coudes, genoux s'agitent, segments obliques, perpendiculaires, le cortège avance, masse démantibulée. Les ombres déforment les visages, projettent des silhouettes géantes sur les murs de chaux. Ça grimace, dilate les narines, *Ce soir je suis mauvais esprit, ce soir je suis démon.* À grand renfort de contorsions, on précipite la nuit sur le bûcher, les flammes éclaboussent les pavés. Soudain, un cri perce la débauche. Un cri déchirant. Rita Céspedes remonte la foule, éperdue. Elle glapit, *Ma fille ! Ma fille !* Les larmes coulent sur ses joues. Chacun suspend son geste ; finis le boire et le rire, l'inquiétude ajourne tout. Mais on a beau chercher à savoir, *Qu'est-ce qui y a ? Qu'est-ce qui se passe ?* Rita a perdu la raison. Elle se tire les cheveux, bave entre deux mugissements. Une bête blessée. Certains descendent au pied du village — d'où elle vient. Ce qu'ils ont vu ? Nul ne devrait le voir. Encore moins une mère. Alejandra, la fille de Rita, pend sous un figuier. Ceux qui s'approchent sentent l'odeur. Elle s'est fait dessus. Du sang goutte entre ses jambes tandis que le corps oscille dans le vent d'été. Plus aucun bruit, village muet, rassemblé autour de l'arbre. Des hommes ceinturent Rita, l'empêchent de revenir. Felipe Céspedes fait peine, planté devant le corps de sa fille. Alors Juan se fraie un chemin, l'attrape par les épaules, *Faut pas rester, Felipe, ça sert à rien, rien qu'à se faire du mal.* Francisco renchérit, *Vamos,* Rita a besoin de lui. Le père se laisse entraîner, tué de l'intérieur. Des garnements glissent un regard sous les jupes de la morte. Les mères abattent une pluie de coups sur leur tête, dispersent les voyous, *Vermines ! Fripons !* Ils déguerpissent, le cœur au bord des lèvres. La toison ? Ils n'ont même pas pu la reluquer. Ne restent que des bouts de chair, à vif. Seul un monstre a pu faire ça.

Le bruit se propage. C'est un diable qui a tué Alejandra, il était accompagné d'un loup ! Les villageois ont bu, ils déraisonnent. Des voix fusent. On va débusquer le criminel, lui couper les couilles. Quelqu'un lance, *¡ Sus cojones al fuego !* Les hommes alimentent le bûcher, les brandons dessinent des blessures dans le ciel. Juan jette un regard affolé en direction d'Horacio. Ses yeux disent, *Il faut faire quelque chose, ça va mal tourner.* L'instituteur monte sur une pierre, s'écrie, *Ça suffit !* De nouveau le silence, tendu. Les hommes sont saouls, ils ne tiendront pas longtemps. Alors Horacio choisit ses mots, il ne promet rien, fait dans le pratique ; fouille, secteurs, former des groupes. Ils auront besoin de volontaires. *Qui en est ?* Les gars du collectif s'avancent. Juan, Pedro, Francisco, d'autres encore. Aucun ne souhaite jouer au redresseur de torts, ils veulent seulement que justice soit rendue. Horacio répartit les équipes. Rizières, jonchères, vergers, colline, village. Tout sera passé au peigne fin. *Et l'église ?* Horacio n'y a pas pensé. Juan propose de s'en charger, c'est dans son périmètre. Marché conclu, tapes dans le dos. Avant de partir, il s'assure que Pilar va bien. Elle pleure, en retrait contre le talus. Alors il lui saisit les mains, répète, *Mi querida.* Elle doit se montrer forte, ils vont attraper le salaud qui a fait ça. En attendant, femmes et enfants rentreront se mettre à l'abri aux baraques. Horacio les escortera. *Mi querida,* encore. Elle ne lève pas les yeux. Le père s'agenouille devant Toya, lui demande de prendre soin de sa maman. Promis ? Et il disparaît dans les ruelles.

La troupe des mères et des petits emboîte le pas de l'instituteur. Poussière sous les semelles, nuit dans la tête. Toya jette un œil en arrière. Des hommes décrochent Alejandra. Son corps s'affaisse. Au moindre bruit — frémissement de jonc, tronc qui ploie —, les femmes serrent la marmaille contre leurs jupes, voient le diable partout. Pilar, elle, réagit à peine. Chacun rentre chez soi, *Adiós les Prats, faites attention, adiós les Cortés, fermez bien le verrou.* Tous se calfeutrent, et bientôt il ne reste plus que Pilar et Toya. Horacio les devance en éclaireur. Ils marchent, caressés par l'haleine de la nuit, mélange de sec et de salé, odeur qui précède les incendies.

Pilar remercie Horacio d'une voix faible. C'est gentil à lui d'avoir fait tout ce chemin pour les raccompagner. Elle s'excuse, *Pardon de vous imposer un retour si long.* Horacio voit bien que chaque mot lui coûte, il l'interrompt : ce soir ils ont côtoyé l'horreur de trop près pour s'embarrasser de façons, Pilar ferait mieux d'aller se coucher. Elle secoue la tête ; la politesse, c'est peut-être la dernière chose qui les tient. Et, se tournant vers Toya, *Sers donc un verre à notre ami.* Horacio proteste, ce n'est pas nécessaire. Elle insiste : s'il continue, elle va se vexer. Tintements dans la baraque. Pilar prend congé, rentre se coucher.

Horacio s'est assis sous la pergola, il respire la brise douceâtre qui vient des bassins. La gamine revient, un pichet à la main. Elle n'a pas dit un mot depuis le village, craintive, petit animal. Horacio boit sans chercher à l'apprivoiser. Le temps fera son affaire. Quand il repart, elle reste debout. Le coassement des grenouilles enfle, devient insupportable, leur chant grossit dans leur gorge et se décharge dans la nuit. Toya s'approche de l'eau, les imite.

*

À l'aube, Juan rentre sans un bruit, l'arcade sourcilière ouverte. Il tapote la blessure avec un linge propre. Après un rapide coup d'œil dans le miroir accroché au clou, il décrète que ça ira. Toya a guetté le retour de son père. En moins de temps qu'il n'en faut à Juan pour ôter son chandail, la voilà debout devant lui, droite dans sa chemise de nuit. Pli mécontent sur le front du paternel. Qu'est-ce qu'elle fabrique là, à cette heure ? La gamine ne se démonte pas. Elle veut savoir. Ils l'ont retrouvé ? Juan secoue la tête en étouffant un bâillement. Maintenant, il faut se coucher. Elle ne bouge pas. Et sa taillade, elle vient d'où sa taillade ? Il soupire. Elle veut vraiment savoir ? Il va lui raconter. À condition qu'elle garde tout par-devers elle. *Juré craché.* Alors il verse un peu de café froid au fond d'une tasse, s'installe.

Ils ont passé le village au crible, des caves aux greniers. Les hommes ont fini par montrer des signes de fatigue, Juan a donné le signal du repli. Avant, il leur a demandé un dernier effort ; jeter un œil dans l'église. Ça prendrait un rien de temps, et on rentrerait se coucher la conscience tranquille, à défaut de l'esprit. Las, le padre Miquel les attendait sur le parvis, leur barrant le passage, sourcil broussailleux, œil de héron. Regroupés en demi-cercle, les hommes ont tenté de négocier. Le curé n'a rien voulu entendre. De son vivant, le royaume de Dieu ne serait pas profané. Le sang de Francisco n'a fait qu'un tour. Son dieu, il permettait qu'on torture une gentille fille, alors, tout-puissant qu'il était, il valait pas un pet de figue. Le cureton s'est étranglé. Les autres ont acquiescé, de plus en plus véhéments — hochements de tête, marmonnements, invectives. Le padre Miquel a continué son prêche : Dieu n'était pas responsable du vice, leur coulpe était son offense, seul le sacrement de pénitence effaçait les péchés… Il levait l'index, pontifiait. N'y tenant plus, Pedro a poussé le curé, coup sec du plat de la main, pour qu'il se taise. Le religieux a chancelé, maudit le marin. Juan a tenté de calmer le jeu, *Fais pas le con, corbeau, on veut pas te faire de mal!* Mais le bigot s'est mis à vociférer, *À l'aide, au secours!* Claquement de volets contre le mur, portes ouvertes. Des voisins sont sortis, la gueule enfarinée. Les plus dévots — l'épicier en première ligne, et la Paloma — ont pris la défense du bondieusard. Le boutiquier, Pedro ne pouvait pas le saquer — ça remontait à une querelle du temps des grands-pères —, et à le voir soutenir le cureton, il n'a pas pu y résister. Il l'a traité de *fils de prêtre.* Coup de poing sans sommation, tête qui part sur le côté, menton qui saigne. Les autres s'en sont mêlés : empoignades, torgnoles. Dans la confusion, Juan s'est pris un gnon.

Il aspire une gorgée de café. Le plus couillon, dans cette affaire, c'est que désormais le village est coupé en deux. À cause du padre Miquel. *Et lui, qu'est-ce qu'il a fait ?* Juan frotte la tignasse de la gamine. *Lui ? Il a décampé. Comme un rat.* Toya est suspendue aux lèvres de son père. Elle veut connaître la suite. Sont-ils allés lui donner la fessée ? Rire franc de Juan. *Si seulement…* Francisco a grimpé au mur, cassé un bout de vitrail pour jeter un œil à l'intérieur. Il a gueulé, *Ils sont deux à filer vers le presbytère!* Les gars ont couru à l'arrière de l'église, forcé la porte de la cure. Personne. À l'intérieur non plus. Ils en sont restés comme deux ronds de flan. C'était de la magie ou ils ne s'y connaissaient pas. On a rejoint le point de ralliement, des questions plein la tête. Les autres attendaient, qui allongé dans l'herbe, qui à demi assoupi, casquette sur les yeux. Eux aussi étaient revenus bredouilles. Au loin, l'aube dorlotait l'horizon. On s'est dit au revoir, désolés de se quitter sur un goût aussi amer. Fin de l'histoire.

Juan s'appuie à la table pour se relever, *Au lit, pequeña.* Toya fait la moue ; elle n'aime pas cette conclusion.

Longtemps, la gamine fixe les murs. Un papillon de nuit se cogne contre la fenêtre. Lui aussi cherche la lumière.

*

Dès le lendemain, la Guardia Civil débarque au village ; deuxième classe, première, caporal, sergent, ils se répandent dans les rues, toquent aux portes. On leur ouvre de bonne grâce, on veut coopérer. Bonne pâte, chacun livre son témoignage, c'est un peu brouillon — *corps pendu au figuier, horrible, une si bonne fille* —, récit tout à trac, encore secoué du choc de la veille. Contre toute attente, les gardes les interrompent. Ils ne sont pas venus pour cela. Ils veulent les meneurs, ceux qui ont dégradé l'église. Menace à l'ordre public, autodéfense armée, association de malfaiteurs : les chefs d'accusation ne manquent pas. Les brigadiers font s'asseoir ceux qui n'ont pas grand-chose à dire, insistent. D'autres passent vite à table. L'épicier et la Paloma par exemple. Quand ils ont vu l'insigne avec la couronne et l'épée, ils ont bu du petit-lait. Tous les noms, ils les donnent : Juan, Pedro, Francisco, et deux ou trois autres encore. Le boutiquier sort même une feuille de sous son guichet, l'air de ne pas y toucher. Sur le papier, du noir, du rouge, un type qui brandit son poing dans une rizière, et trois lettres qui frappent la cellulose : *C, N, T. Confederación Nacional del Trabajo.* Le sergent pose sa main sur l'épaule du cafteur : Dieu et le roi le lui rendront. Ensuite, les militaires essaiment dans le delta.

On sort les paysans du lit, les secoue, *Alors, fils de pute, c'est toi qu'as attaqué l'église, pourriture !* Et on s'acharne, *Hijo de puta,* à nouveau, à toutes les sauces, assorti de coups. Ceux qui ont dirigé les groupes sont menottés, embarqués. Juan est arrêté torse nu. Toya et Pilar assistent à la scène sans pouvoir rien y faire. *Vous ne le laissez pas s'habiller ?* Les gardes ne prennent pas la peine de répondre. Les femmes des anarchistes sont toutes des *putas,* leurs enfants des bâtards. Toya serre les poings, elle se jetterait bien sur eux, mais quelque chose l'en empêche. Un je-ne-sais-quoi dans le corps de son père — l'âpreté, l'absence de peur. Alors elle le regarde s'éloigner, encadré par les hommes en uniforme, et se promet qu'elle aussi restera droite, qu'elle aussi tiendra le coup. Au fond de la baraque, Pilar sanglote.

Plus tard, un petit officier revient, affecté à la collecte des témoignages sur la mort d'Alejandra. Il compile ce que les villageois ont vu. Échaudé par les arrestations — les nouvelles vont vite —, on se montre moins bavard. Oui, on a vu le corps au bout de la corde. Autre chose ? Non, rien. Le garde récolte des évidences, de la méfiance surtout, en conclut que la fille Céspedes s'est pendue. Sûrement une histoire de cœur — l'épicier a parlé d'un coureur de jupons dont elle s'était amourachée. Les mutilations au sexe, aux cuisses ? Un animal lui aura infligé les blessures post mortem. Don Ignacio Ibáñez se rend sur les lieux en personne, accompagné de son fils et d'*el coronel* de Córdoba. Il soulève le drap sous lequel repose Alejandra, jette un œil aux plaies. Un chien errant, rien de plus, affaire classée. Le corps sera enterré sans autopsie. Les caciques retournent à leur festin. Beignets, brioches, *pata negra*, farcis d'anchois, œufs au crabe, oreilles de porc, cette cuisinière, décidément, elle leur met l'eau à la bouche mieux qu'une galante. Dommage qu'elle n'ait pas choisi son bonhomme aussi bien qu'elle marie les épices. Ils rient. *El coronel* demande s'il pourrait la voir avant son retour à Cordoue. Des doigts en or, il veut rencontrer le prodige. Et le Marquis fait appeler Pilar au fumoir.

*

Ils sont assis dans des fauteuils en cuir. L'affaire est entendue, *el coronel* de Córdoba introduira le Marquis auprès du général Sanjurjo. Des réunions sont prévues partout. Les monarchistes se rassemblent : qu'on soit carliste ou alphonsin, on veut renverser le gouvernement. Trop à gauche, trop mou, trop républicain. Don Ignacio s'agace rien que d'en parler, *Le sang d'un roi, le corps du Christ, bon Dieu, il n'y a pas meilleur ciment pour une nation !* Carlos n'écoute pas la rengaine, il rumine ce que son paternel vient d'annoncer. Cela a pris le Marquis comme ça : son fils viendra avec eux. Il participera au coup d'État, ça fera son éducation. Le jeune garçon a cru à une plaisanterie, mais don Ignacio l'a sèchement repris, *Il fallait réfléchir plus tôt.* Au fond, Carlos s'en doutait. Cette nuit, il était allé trop loin. Son père ne pourrait pas le couvrir indéfiniment. Il valait mieux se tenir éloigné quelque temps. L'armée ? Elle lui offrirait sûrement quelque plaisir. À commencer par celui de tuer.

Pour l'heure, les trois hommes fument des cigares, vantent l'équilibre du tabac, sa combustion régulière. Derrière les notes de cannelle, *el coronel* sent de la truffe, peut-être un léger arôme d'étable. C'est l'ammoniaque, suggère le Marquis, pas désagréable à petite dose, comme tout ce qui concerne les pouilleux. Leur rire se disperse dans les volutes bleues. Pilar toque à la porte. Elle ne sait pas comment se comporter. Les hommes la félicitent pour ce banquet digne de rois. *El coronel* veut connaître son secret, il se lève. Où cache-t-elle tant de talent ? Il tourne autour d'elle, la renifle. Se colle presque, puis feint de se ressaisir. Pardon, il ne voulait pas lui faire peur, il sait l'épreuve qu'elle endure : un mari derrière les barreaux, ce n'est pas une sinécure. Le Marquis s'emporte, *Tout de même, s'en prendre à l'église… El coronel* adopte alors un ton mielleux, *Allons, l'erreur est humaine,* et puis le moelleux des brioches de Pilar l'excuse. Il continue de finasser, promet que Juan ne pourrira pas en prison, qu'il finira par sortir. Le temps que la leçon fasse son petit effet — les matons savent s'y prendre. Il pose sa main sur l'épaule de la cuisinière, palpe la chair, avance ses lèvres près de l'oreille de la domestique. Elle a l'impression qu'il va lui gober le lobe. À toutes fins utiles, il pourrait remplacer son époux. Carlos écrase un rire gras. Le temps pour Pilar d'apercevoir trois griffures sur sa joue. Ça cogne dans ses tempes. Le petit marquis sait que la cuisinière a compris ; il la toise d'un air de dire, *Ose parler et tu verras.* Dès qu'elle le peut, Pilar se retire, court jusqu'à la cuisine en se tenant le ventre. La pauvre est prisonnière de ces murs, de son corps. Seule la perspective d'aller chez Maria l'apaise : la vieille arrachera ce que Carlos a déposé au fond de ses entrailles.

*

Pendant ce temps, Toya tourne en rond. Elle s'essaie à tout, s'arrête nulle part. Rien ne la distrait. Cette fureur au bout des doigts, elle ne sait qu'en faire. Même la nageoire des carpes à la surface de l'eau l'agace, leur remous, la trajectoire qui louvoie, ça la dégoûte. Son père en prison, tout est devenu laid, hostile. Un cherche-midi grimpe sur son pied, chatouille sa cheville. Elle l'attrape, l'écrabouille entre ses paumes. Elle a fait ça sans réfléchir. Dans ses mains, des bouts de cuticule rouges, noirs, du jus qui coule. La gamine s'en veut, s'essuie contre sa tunique, à s'en brûler la peau. Tandis qu'elle frotte, un homme apparaît au bout du chemin, chemise ample, corps maigrichon. Il ne manquait plus que lui. Elle court s'asseoir sous la tonnelle, dos au sentier. Quelques minutes plus tard, Horacio est là. Il comprend que Juan a été arrêté, laisse juste tomber un *Merde.* C'est le mot qui manquait à Toya : *merde,* ils ont emmené son père, *merde,* il est innocent, *merde*, on se fout du sort d'Alejandra. Le mot agit telle une clef. Il ouvre les vannes de la peine, de la colère, de l'injustice. *Merde, merde, merde !* Soupirs, hoquets : j'ai le droit d'être inquiète, le droit d'avoir douze ans ! Je ne veux pas qu'il arrive malheur à mon père, *Papá*, sanglote Toya, *Papá* — elle sait déjà qu'un innocent peut perdre la vie en prison. Et Horacio la voit chanceler, la rattrape de justesse. Là, dans ses bras, dans l'odeur de propre et de coton, elle pleure comme pleurent les enfants, des larmes hémorragiques, à se décrasser de toute sa rage et de tout son désespoir.

Les spasmes se calment. Toya se détache de l'instituteur. Sur le visage d'Horacio, aucun sourire, seulement le sérieux qui prend la mesure de la peine. Courageuse petite, digne chagrin. Toya pourrait ressentir de la gêne, trouver la situation indécente — elle, cet homme, eux seuls ici —, pourtant, rien de tout cela. Horacio n'est pas comme les gars du village, avec leurs insinuations. Il est venu pour Juan, par amitié. Il y a quelque chose de franc dans leur camaraderie. Toya s'arrime à cette impression. L'instituteur devine qu'il faut prendre les rênes. Il ne demande pas la permission, entre dans la baraque : quitte ou double. La gamine le laisse ressortir avec le broc d'eau, du pain et du chorizo. Il pose le tout sur la table, s'assoit sans l'inviter à le rejoindre. Elle décidera quand elle voudra. Comme les chats. Il remplit deux verres, tranche un peu de pain, du saucisson. L'eau est fraîche, la mie pas trop sèche. Au-dessus, les guêpes et les abeilles pillent la glycine. Toya finit par s'approcher. Il lui tend un verre. Pas plus. Enfin les mots viennent. L'enfant n'en dit pas beaucoup. Que Juan n'a pas eu le temps d'enfiler une chemise, qu'elles n'ont même pas essayé de le défendre. Elle ne précise pas qu'elle s'en veut, pas besoin, Horacio le sait. Il porte son regard par-delà l'horizon, hoche la tête ; on ne peut pas se défendre contre la police, pas comme ça, pas en étant si peu nombreux. À plusieurs, organisés, c'est différent. Et il suspend sa voix, laisse la place au vent qui souffle et ramène le bleu des rives nouvelles. Au bout des doigts de Toya, toujours la même colère, que ce semblant d'espoir délaie. Et de nouveau le silence, dans le vrombissement des insectes.

Horacio s'arrache à ses songes : il y pense, la petite pourrait l'aider, il a son piano à déplacer. La charrette l'a déposé il y a quelques jours. La dernière chose qu'il lui restait à récupérer de son déménagement de Barcelone. Les gars ont déchargé l'instrument tout à trac dans le couloir, sur une planche à roulettes. Elle pourrait lui donner un coup de main ? Et Horacio arbore ses biceps, volontairement ridicule. Ses muscles gonflent à peine. Toya le voit bien, y a pas grand-chose là-dedans. Elle hausse les épaules.

Pourquoi pas. Ça lui permet d'esquiver l'essentiel : elle ignore ce qu'est un piano.

La gamine découvre l'énorme instrument, le chêne vernissé et les arabesques. Ils poussent la bête du couloir jusqu'au fond de la classe. À chaque à-coup, de drôles de sons émanent du bois, des résonances, des grondements proches de l'orage. Horacio s'enthousiasme, il en est sûr, ses élèves vont adorer. Toya s'éloigne entre les pupitres, laisse filer ses doigts le long des cahiers, avise les encriers, les cartes aux murs. Partout, des lettres, nuée de pattes d'insectes. Elle se sent écrasée, veut prendre congé, ouvre la bouche pour prévenir l'instituteur. C'est là que la chose se produit. Assis sur le tabouret, Horacio presse une touche. Toya est clouée sur place. La même note, six fois, grave, lasse, qui donne vie à une silhouette. Celle-ci apparaît devant les yeux de Toya, nette, parfaite, avançant sur un chemin sans paysage, sans passé ni avenir — juste la solitude renouvelée de chaque instant. La note a cette tenue, digne, et la petite y voit sa mère qui part au Château. Les larmes envahissent ses yeux. Horacio appuie sur une deuxième touche. Tout de suite, une autre couleur. Une seconde silhouette se détache, marchant à côté de la première — c'est son père conduit en prison. Toya apprendra plus tard que les deux notes portent un nom, qu'elles s'appellent *ré* et *mi*. Pour l'instant, elle goûte les sons, les laisse déposer leur image au creux de ses paupières, celle de corps jumeaux. Qui marchent, contigus, parallèles. Pourtant, cette régularité a quelque chose de discordant. La solitude de l'un s'additionne à celle de l'autre, le vide autour d'eux s'accroît. Les mains d'Horacio glissent vers les aigus et d'autres notes s'élèvent, volée d'oiseaux : les deux silhouettes se sont regardées, elles ont brisé leur solitude. Autour, un paysage se dessine, un pré, des collines. La mélancolie ménage une petite place à la joie, comme une chaise dans un coin. Toya ferme les yeux pour mieux voir. Les silhouettes se sont rapprochées, elles n'osent pas, mais lorsqu'elles se touchent, les doigts s'agrippent. La musique raconte le choc de l'amour, l'élargissement quand s'ouvre l'autre moitié du monde. Soudain, les accords se font plus sombres, les mains se dénouent, s'éloignent. La musique raconte aussi cela : combien les étreintes sont fragiles. Les prés connaissent le printemps, l'hiver aussi. Toya voit défiler les usures. Au bout de tous ces écaillements, la solitude est de nouveau là, avec ses froidures. Pourtant le morceau ne se laisse pas faire, les doigts d'Horacio se rebiffent. Et Toya assiste à ce final troublant ; une dernière fois les mains se rapprochent, floues, indécises, peut-être ne sont-elles que le souvenir d'une histoire ancienne. Qu'importe, la musique lui apprend encore cela : l'absence n'empêche pas les jours heureux de demeurer sous la paume, de se caresser. En quelques notes, le morceau a peint cette fresque à Toya, toute une vie. Elle garde les yeux fermés jusqu'au dernier accord. Le silence qui suit appartient encore à la musique. Jamais elle n'aurait cru possible une chose pareille. Surtout pas aujourd'hui. Horacio reste face au piano. Quand la gamine se tourne vers lui, elle a l'impression que son dos est immense.

*

Pepe bine au pied des bougainvilliers, retourne la terre, ajoute du fumier. La Marquise a eu cette extravagance au réveil : une envie soudaine de dahlias, de pavots, d'arums aussi, là, sous ses fenêtres. Que jupes et pompons colorés lui fassent la fête, tels furent ses ordres. Pepe devrait comprendre, le bougainvillier finissait par lasser, *N'est-ce pas ?* Elle n'avait pas attendu sa réponse, la chose était acquise, il fallait du nouveau pour se ravigoter, un feu d'artifice chaque matin. Le jardinier ne l'écoutait plus, il pensait déjà aux litres d'eau qu'il faudrait transbahuter, à l'ineptie de pareil caprice : des fleurs qui craignent les grosses chaleurs… Il soupire en donnant ses coups de pioche, relève son chapeau quand Pilar passe. Pepe a beau s'occuper du dehors, il sait ce qu'elle subit à l'intérieur. Aucune composition florale, aucune explosion de parfums ne camouflera jamais l'obscénité de ses maîtres. Les épaules de la cuisinière ploient, celles de Pepe aussi.

Pilar progresse sous les feuilles lustrées. Les pétales neigent dans la brise. Cette suavité, ce petit vent, ils seraient doux sans ce qui l'attend. Elle est déjà allée voir Maria. Les pauvresses du coin s'en remettent à l'aïeule quand il le faut. En secret. Néanmoins, des bruits courent. Des jeunes filles seraient mortes entre les mains de la vieille. Personne n'a jamais osé porter plainte. On craint l'opprobre autant que les travaux forcés. De toute manière, quand une malheureuse succombe, l'ancêtre charge son cadavre dans la brouette, balance le corps dans un bassin. Noyade, suicide, la Guardia Civil ne cherche jamais plus loin ; la faiseuse d'anges n'a jamais été inquiétée. À vrai dire, le sergent qui tient la garnison ferme les yeux. Quelques années en arrière, sa cadette avait fait des frasques — une fugue avec un *gitano* aux yeux doux, dont elle était revenue avec un polichinelle dans le tiroir. *Un bâtard !* avait gueulé le sergent. Il lui avait demandé de s'en débarrasser : sa place en dépendait. La jeune fille s'était enquise à droite, à gauche. Une amie lui avait glissé le nom d'une vieille au cul des marais. La misérable était arrivée en pleine nuit, affublée d'un foulard qui lui mangeait le visage, rongée par la culpabilité. Elle avait supplié Maria. Il ne fallait rien dire, par pitié, son père avait un poste important. Elle avait parlé, parlé, comme pour effacer ce pour quoi elle venait. Maria avait fait claquer sa langue. Pour sûr qu'elle allait se taire. Mais dans son cas, le silence aurait un prix. C'est ainsi que l'aïeule avait obtenu la protection du sergent.

Pilar s'est engagée sur la piste bordée de joncs. Maria gîte à la limite de la terre et de l'eau, à peine remarque-t-on les murs de chaux verdis par l'humidité. La vieille est là, à se pencher au-dessus d'un bourbier, armée d'une épuisette. Elle cherche des rainettes, les réserve dans un seau, une pierre posée sur le couvercle pour qu'elles ne s'échappent pas : les cuisses des batraciens sont nerveuses. Pilar déteste leur bruit contre le métal. Il y a du désespoir là-dedans. L'autre se tourne, *Je savais que tu rappliquerais, j'ignorais quand.* Pilar baisse la tête. *Encore lui ?* Maria a prononcé ces mots sur un ton rauque. Elle n'aime pas que les femmes reviennent. À force, ça porte malheur. D'un geste contrarié elle attrape l'anse du seau, se dirige vers la chaumière, *Allez.* Il faut un temps pour s'accoutumer à l'obscurité. La vieille se lave les mains dans une bassine, met de l'eau à bouillir sur le poêle. *De combien ?* Pilar murmure, *Un mois, un mois et demi*… Maria siffle entre ses dents. Il était temps. Elle refuse de s'occuper des *pépins* de plus de huit semaines. Trop dangereux. Ses mains noueuses disposent les instruments et des tissus à côté de la banquette. Pilar a un haut-le-cœur ; ce n'est pas que l'endroit soit sale, mais ce n'est pas propre non plus. L'aïeule lui ordonne de se coucher, tâte son bas-ventre en maugréant, *Limite*… Elle appuie plus fort, cherche la masse de l'utérus, et quand elle le sent, elle pelote les viscères, fait rouler les organes sous ses doigts — avec un peu de chance, elle n'aura pas besoin des outils. Quand cela semble suffire, elle écarte les jambes de Pilar, s'agenouille et ronchonne, *Il s'accroche, l'animal.*

Maintenant, il faut se lever, sauter sur place. Maria en profite pour aller chercher des herbes sèches — de la rue, de la sabine, faire une décoction, ça peut aider. Pilar obéit. Ça lui tire dans le ventre, elle se sent sale, stupide. L'autre l'observe en coin, vérifie que tout soit correctement exécuté. Lorsque la préparation est terminée, la vieille tend la timbale. Là encore, Pilar obéit, ingurgite le liquide d'une traite. *Bien.* D'un coup de tête, l'aïeule désigne la banquette. Mêmes gestes, même supplice. Et l'horrible *Écarte les jambes.* Nouveau ronchonnement. Il se fait tard, Maria n'a aucune envie d'y passer la nuit. Elle se dirige vers le poêle, verse de l'eau chaude dans une bassine, saisit la seringue et un chiffon. Pilar bredouille, *Il n'y a pas d'autre solution* ? L'ancêtre a cet air de semonce, *La solution, c'est de pas se faire engrosser.* Les mots font mal, plus que les doigts. Aussitôt, elle se radoucit, *Vale, on ne choisit pas toujours.* Revenue au chevet, elle appuie sur l'intérieur des cuisses,. les ouvre. La grosse seringue est introduite en un clin d'œil, et l'ancienne balance l'eau chaude. Immédiatement, les contractions. Pilar a envie de hurler, se mord la main, pousse comme une forcenée, à s'en faire claquer les veines. Tout en elle se serre — poings, dents, fesses, dos, du caillou, tassé jusqu'à la moelle. Elle veut en finir, expulser la chose, se répète, *Ce n'est pas vivant !* À un moment, un je-ne-sais-quoi glisse. Bruit mou au sol. Pilar rejette sa tête en arrière. Elle est trempée, fixe le plafond. La vieille s'affaire entre ses jambes, l'essuie, va jusqu'au poêle, ouvre la porte en métal. Les flammes grignotent le fœtus enveloppé dans les langes. Pilar se concentre sur les toiles d'araignées, les chiures de mouches, songe à Juan qui doit contempler un décor aussi sordide, à la pierre froide sur laquelle il dort, prie pour qu'on lui ait donné une chemise. Elle pense à Toya aussi, seule à la maison, et dans un réflexe maternel, essaie de se redresser. Les crampes la plient en deux. Depuis le poêle, Maria lui intime de se tenir tranquille. Pilar gémit, elle veut rentrer chez elle, oublier. L'ancienne relève sèchement la tête. Oublier ? Bien la dernière chose à faire. Il faudra garder la douleur vive au fond de soi, *Une braise dans le con.* Il ne doit pas y avoir de prochaine fois : si Pilar revenait, elle y resterait. Maintenant, c'est lui ou c'est elle. Et de fourrer une boîte en fer dans les mains de la cuisinière, de retourner à son âtre en récitant, *Trois griffures à la joue, trois gorgées, mortelle mixture, dedans le coffret.* Au contact du métal, Pilar frissonne. Il lui semble toucher la mort. Elle sait que l'aïeule ne plaisante pas. Dans le seau, les grenouilles continuent de se débattre.

*

Pilar finit par quitter la chaumière. Elle marche comme elle peut. La vieille lui a fourgué un chiffon entre les jambes. La douleur est atroce. Aucune lune, nuit ratatinée, avec des bruits d'animaux qui semblent gigantesques. Pilar imagine des ondulations de serpent, des griffes féroces, elle se presse, mains sur les côtes, habitée par cet unique désir : apercevoir les murs de la baraque, se ruer au chevet de sa fille, vérifier qu'elle est là et qu'elle respire comme il faut.

Enfin, le rectangle blanchâtre des murs dans l'ombre épaisse. Pilar se précipite malgré les douleurs, bouscule la table, s'agenouille devant Toya. La gamine dort profondément. La mère pose sa tête contre elle, l'entoure de ses bras. L'odeur de l'enfant, elle s'en emplit. Y retrouve des arômes de poussière et d'herbe, saveur banale des jours comme ils vont. Alors, elle s'affaisse au sol de fatigue, dans le réconfort de l'ordinaire.

C'est un cri qui la réveille. Toya est debout devant elle, pâle comme un linge. Elle a vu le torchon imbibé de sang, le corps au pied du lit, hurle, *¡ Mamá !* Pilar ne comprend pas immédiatement, balbutie en rougissant, *Ce n'est rien, cela arrive aux femmes chaque mois. L'écoulement est plus abondant que d'habitude. À cause des efforts de ces derniers temps.* Est-ce que Toya la croit ? Il lui semble. Dehors, le jour se lève. Pilar n'a dormi que quelques heures, elle est épuisée. La gamine fait chauffer du café, en apporte une tasse à sa mère, avec un quignon, et revient avec des habits propres, une bassine pour la débarbouiller. Brave petite. Pilar propose à l'enfant de l'accompagner au Château. Si don Ignacio est bien luné, il leur lâchera peut-être une information au sujet de Juan.

Après avoir remis de l'ordre dans la maison, Pilar extrait la boîte en métal de sa poche. À l'intérieur, une poudre blanchâtre. Elle referme aussitôt le couvercle, et cache l'écrin dans l'armoire, sous une pile de cotonnades. Puis elle s'assoit. Le sang n'en finit pas de couler, moins fort, certes, mais assez pour l'essorer ; la journée promet d'être longue. Elle pense à sa mère, aux palourdes qu'elle lui faisait manger chaque fois qu'elle avait ses règles. De mémoire de femmes, on avait toujours mangé des coquillages les semaines de sang. La petite pourrait aller en ramasser en fin de journée. Pour l'heure, il faut se mettre en route. En se levant, Pilar fait tomber la chemise de Juan restée sur le dossier. Informe, le tissu à terre lui glace les veines. Immédiatement, le réflexe de la prière,

Santa María, Madre de Dios, ruega por nosotros, pecadores, elle récite les mots à toute vitesse, pressant ses mains l'une contre l'autre, *ahora y en la hora*, ferme les yeux, *de nuestra muerte*, dessine machinalement la croix sur son front, sa poitrine, ses épaules, et le *Amén* soufflé très vite. Ce n'est pas Dieu qui lui apparaît, mais l'image de Juan. Il la guigne, un sourire en coin. Encore tes bondieuseries, ma femme, semble-t-il dire. Vrai que Juan se moquerait. Il lui ferait remarquer que les prières ne remplissent pas la marmite. Qu'elle ferait mieux de se hâter. Pilar se penche, attrape la chemise, la plie avec soin. Il est là, son mari, tout entier dans les fibres, elle peut sentir ses bras, sa poitrine, même les arômes blonds de tabac qui s'échappent de sa barbe quand il rit. Elle aurait envie de plonger son nez dans le tissu, de glisser avec lui dans le sommeil, mais Toya l'appelle depuis la tonnelle. C'est l'heure.

La mère et la fille prennent la direction du Château. Les échassiers sont déjà à pied d'œuvre, ils plongent leur cou élancé dans l'eau, en ressortent avec un poisson argenté au bout du bec. En une bouchée, le menu fretin est avalé. Très tôt, Toya a compris cette chose : si elle veut survivre, il lui faudra être forte, sinon extrêmement rusée. Ils sont du poisson dans un monde d'échassiers. Pendant que la gamine esquisse ses premières représentations sociales, Pilar se tourne vers elle. À quoi a-t-elle passé sa journée de la veille ? L'enfant a une moue de dépit. Pas fait grand-chose, traîné ici, là, préparé à manger, voilà tout. La visite de l'instituteur, le piano et l'école, elle les garde pour elle. Ce sera meilleur d'y repenser.

*

Au Château, c'est le branle-bas. La Paloma a descendu les malles dans la cour. Pilar reconnaît celles du Marquis, du *coronel*, aussi le bagage de Carlos. Elle ignorait qu'il les accompagnerait. L'automobile attend dans l'allée, et la Marquise gesticule au milieu du vestibule. Pilar comprend que Madame n'est pas d'humeur ; mieux vaut que Toya aille directement dans la cuisine. Doña Serena se lamente : le départ est si prompt ! Elle n'était pas prête ! Et son Carlos qui la laisse, son petit Carlitos ! Elle court dans tous les sens, vêtue de sa robe de chambre, fait mine de rassembler des affaires. En vérité, la Marquise brasse du vent.

Quand elle avise la cuisinière, elle lui tombe dessus, *Ah, enfin !* Elle a bien cru que Pilar n'arriverait jamais. Décidément, on ne peut pas compter sur le petit personnel. Pilar jette un œil à la montre de sa maîtresse, elle est arrivée avec dix minutes d'avance. La Marquise surprend son regard, balaie ce détail d'un coup de manche. La retenue sera comptée sur son salaire, un point c'est tout. Le plus urgent c'est de préparer les paniers. Madame veut de solides casse-croûte, les hommes ont du chemin, ils doivent pouvoir se sustenter. Qu'il y ait de la charcuterie et du vin, et puis… Doña Serena lève les mains en l'air, la cuisinière trouvera bien quelque chose. On la paie pour cela, n'est-ce pas ? Pilar acquiesce. Elle va faire de son mieux… La Marquise la coupe, *Alors, qu'est-ce que vous attendez ?*

Toya patiente, assise sur la table en noyer. Elle joue avec la lame d'un couteau. Pilar déboule mâchoire serrée. Un jour, sa maîtresse devra répondre de ses actes devant Dieu. Elle lisse son tablier, inspire un grand coup. Que va-t-elle bien pouvoir inventer pour remplir l'estomac des trois hommes ? Toya continue de faire tourner la lame du couteau. Eh bien, elle commencera par faire de belles tranches de *pata negra*. La gamine ira chercher le jambon dans la cave. Pilar en garnira un pain, accompagné de — elle regarde autour d'elle, à la recherche d'inspiration — de zestes d'orange confite, pourquoi pas, et de fromage aux herbes, pour la fraîcheur. Elle donne une calotte à l'enfant, *Allez !* Toya saute de son perchoir, fouille dans la commode. Un bougeoir, une allumette, et elle pousse la porte de la cave. Dès les premières marches, l'odeur de terre et de froid. Elle vient rarement au sous-sol, tâtonne. Pilar y suspend les jambons pour l'affinage. Elle les prépare elle-même, avec les ventrèches, le lard et les échines, lorsque Pepe tue le cochon. Les Ibáñez réservent chaque année la plus belle bête du canton. Toya se fraie un chemin entre les cuissots. Certains ont trente mois d'âge. Elle pose la bougie sur un coffre, avance pour attraper la pièce la plus vieille quand quelque chose la fait trébucher. Un cadenas, qui protège une trappe. Toya n'a pas souvenir de l'avoir déjà remarquée. De la terre a été dégagée. Comme si l'ouverture avait servi il y a peu. Elle s'accroupit, essaie de soulever le panneau, mais le verrou est solide. Baste, ça ne la regarde pas. L'enfant se relève, décroche la cochonnaille et remonte. Après avoir flanqué la charcuterie sur la griffe, elle y coupe des tranches régulières, du sabot à la pointe, ni trop fines ni trop épaisses. Les chutes, elle les enfourne dans sa bouche. La levure a infusé la graisse, laissé passer les arômes d'ail, de poivre et de coriandre avec lesquels Pilar oint les cuisses. Toya siffle, *Mamá, c'est du beurre !* Elle s'emballe. Pilar devrait travailler dans les cuisines du président ! Elle commanderait des brigades entières de mitrons, aurait des casseroles en cuivre, des couteaux toujours aiguisés ! Sur sa vie, elle serait la favorite. Pilar sourit, la petite folle débite plus de bêtises que de jambon ! Qu'elle se concentre ou elle va y laisser un doigt. Et tandis que l'une façonne le pain, l'autre continue de trancher. Le souvenir de la trappe s'évapore dans les parfums du pique-nique.

Elles parsèment la miche de graines de sésame, la font cuire. Pilar confectionne des boulettes de viande, les fait frire dans une chapelure de sauge séchée. Pendant ce temps, la gamine court dans le verger, grimpe aux arbres. Nectarines, abricots, pêches, figues pastillent les arbres, et la tête de Toya tourne de tant de couleurs, elle est heureuse de rapporter son butin, joie simple de la récolte. La mère et la fille épluchent les fruits, les arrosent de vieux rhum. Les vapeurs enivrent légèrement. Midi sonne. Elles ferment les bocaux, puis les paniers.

Don Ignacio a la tête dans le moteur. La cuisinière attend poliment qu'il ait terminé les réglages pour lui indiquer le contenu des casse-croûte. Le Marquis semble satisfait, la remercie brièvement. Il a son visage des mauvais jours. Pilar aurait aimé lui demander pour Juan, mais elle sent bien que ce n'est pas le moment, s'apprête à regagner les cuisines, quand le patron la rappelle. Tant qu'elle est là, qu'elle aille prévenir son fils : dès qu'*el coronel* sera prêt, ils prendront la route. Pilar fait une révérence, *Bien Monsieur.* Elle tremble à l'idée de monter dans la chambre de Carlos, pourtant, elle gravit les marches, toque. Lorsqu'il entend sa voix, le jeune marquis saute hors de son lit, ouvre la porte et plaque la pauvrette contre le mur. La bouffée du vétiver, forte, écœurante. Carlos respire bruyamment le cou de Pilar, susurre. Il va être absent longtemps, elle va lui manquer la petite chatte. Main qui descend. Pilar essaie de se dérober, mais il trouve quand même le moyen de fourrer sa langue dans sa bouche. *Adiós,* petit bonbon. L'armée va faire de lui un homme, elle va voir ce qu'elle va voir quand il rentrera. Et il dévale les escaliers en s'esclaffant.

Dans la cour, la Marquise essuie des larmes de crocodile. Elle supplie son mari et son fils de faire attention. *El coronel* la remercie pour ce séjour divin, lui promet de veiller sur ses hommes. Elle cache ses yeux de son avant-bras, ils sont trop durs ces adieux, elle n'était pas prête. Son petit, son tout-petit, *Mi Carlitos*… Don Ignacio démarre en trombe, le pot d'échappement recouvre sa femme de poussière. Dissimulée derrière un mur, Toya éclate de rire. La Marquise se retourne, furieuse. C'est la dernière fois que cette peste mettra les pieds au Château. *Ce n'est pas une nursery, ici* — comble de l'affèterie, la rombière prononce le mot à l'anglaise. *Décampe, petit babouin !* et elle rentre en martelant le sol de ses talons. Pilar sermonne la gamine. Elle n'aurait pas dû. Ils ont suffisamment d'ennuis comme ça. Puis la mère s'approche et murmure, *C'est vrai que la Marquise avait l'air stupide.* Et elle pince les côtes de sa fille, *Petit babouin,* avant de l'envoyer ramasser des palourdes.

*

Toya dévale la colline, double la Paloma qui rentre chez elle, court à la baraque où elle attrape le seau, le petit râteau. Puis elle repart, toujours en trombe, prend la direction de la côte, traverse les bassins, les rizières. Pour atteindre les lagunes elle passe au sud de l'école. À la vue du bâtiment, elle s'arrête, guette les fenêtres ouvertes. Qui sait, l'instituteur pourrait jouer un morceau ? Point de musique, juste le sifflement du vent. La gamine aperçoit la silhouette juvénile d'Horacio, penchée au-dessus d'un pupitre. Elle se raidit et déguerpit vers la mer.

Sur le rivage, elle ôte sa tunique, s'avance. L'odeur d'iode et d'algues emplit ses narines, c'est à chaque fois la même claque. Pieds nus, elle repère les trous dans le sable. Deux petits pour les mâles, un plus gros pour les femelles. Toya s'adonne à la récolte comme à un jeu, remplit son seau tel un coffre à trésor. Quand il est plein, elle le dépose sur la plage et nage vers le large, aussi loin qu'elle le peut, aussi longtemps qu'elle supporte le mordant du froid.

Pilar a mis la table dehors, Toya compte trois assiettes. Elle se rue à l'intérieur, *¡ Papá !* Quelle déception ; Horacio coupe des tranches de pain, se retourne. Il est désolé, on l'a retenu contre son gré, il venait juste voir si tout allait bien. Toya le fusille du regard. La mère caresse la tête de sa fille, murmure, *Elle a raison la Marquise, quelle tête de babouin !* La petite se dégage. Elle n'a pas envie de rire, l'instituteur lui a gâché son plaisir. Lui fait comme s'il n'entendait pas, pose la panière sur la table et s'assoit. Il voudrait s'entretenir d'une idée avec elles. L'un de ses amis est avocat à Barcelone, ils ont fait leurs études ensemble. Quand Horacio s'est intéressé à la pédagogie, José a bifurqué vers le droit ; une bonne excuse pour parler toute la journée, c'est un bavard. Ils sont comme les doigts de la pogne, l'un aussi discret que l'autre est extravagant. Cela ne les empêche pas de partager les mêmes convictions. Horacio en est sûr, s'il demandait à José de défendre Juan et les autres, son ami accepterait. Et d'ajouter, *Sans aucune contrepartie.* La mère porte son regard dans le vague. Ce que fait un avocat, elle n'en a pas vraiment idée. Horacio la rassure, elle a le temps de réfléchir, de se renseigner. Pilar promet d'y penser. Puis le mot qui tranche, *Vale*, assez parlé, c'est l'heure de dîner. À la pointe du couteau ils ouvrent les palourdes que Pilar a pris le temps de rincer, aspirent rapidement le coquillage : l'iode en premier, son petit goût métallique, et la touche de noisette ensuite. Le soleil décline à l'ouest. Horacio a semé un peu d'espérance en elles, pas beaucoup, mais c'est déjà tiède. Quand il s'apprête à partir, Pilar le retient. C'est d'accord. Qu'il appelle son ami. L'instituteur sourit. Puis il tâte la poche de sa veste. Ah, il allait oublier ! Il en sort un petit instrument. Pour Toya, puisqu'elle a l'air d'aimer la musique.

Pendant que Pilar débarrasse, la gamine tourne autour de l'objet. Elle ne le touche pas, l'observe — en buis, avec du métal dessus. Elle approche sa main, effleure les alvéoles sur le côté. Sa mère la regarde. Elle sent que sa fille est trempée dans une chair différente de la sienne. Cette âpreté, elle doit la tenir de Juan. C'est bien que la petite ne lui ressemble pas. Les filles sans caractère se font manger. Elle s'avance vers Toya, lui met l'harmonica dans les mains, *Essaie.* L'enfant colle ses lèvres aux alvéoles. Elle n'émet pas de son, se demande juste si Horacio a posé sa bouche contre le bois.

*

José n'a pas tardé à répondre. Pas mis plus de temps à venir. Il débarque un après-midi, perché sur une charrette de foin. Sans le sou, il n'a pas eu de quoi se payer un taxi, alors il s'est débrouillé comme il a pu. On lui a parlé d'un type qui allait jusqu'à Tarragone. Ils ont fait affaire. De là, José a continué à bord d'un camion qui l'a pris en stop jusqu'à Amposta. Sur le marché, il a trouvé ce paysan avec sa mule qui halait une charrette, l'équipage a rejoint l'embouchure de l'Èbre passé midi. Il inspire confiance, José, avec sa bouille de rondouillard. On a tout de suite envie de s'attabler avec lui, de partager le pain et le rire. Pour sûr, il est bon camarade. Voilà comment il se débrouille, hébergé à peu de frais, ici, là. Cela lui permet de ne pas courir après l'argent — *le plus mauvais des maîtres* — et de choisir ses dossiers sans se préoccuper des finances. C'est ainsi qu'il fonctionne, *À l'instinct*, se plaît-il à dire. Quand il a reçu le courrier d'Horacio, il n'a pas hésité. L'avocat en avait sa claque de Barcelone, de cette mollesse qui infusait la ville. Au lieu de progrès, cette deuxième République grenouillait à tout-va. Le vent, la mer, cela balaierait l'amertume dans sa bouche. Par-dessus tout, il avait envie de revoir son vieil ami. Découvrir cette fameuse école. Depuis le temps qu'Horacio lui rebattait les oreilles avec ! Lui de coutume si pondéré, il fallait l'entendre rêver. Ce lieu serait son utopie : un endroit où chacun trouverait les ressources nécessaires pour se transformer, détruire les dogmes, renouveler son rapport au monde. Où chacun développerait la vitalité, l'indépendance de son esprit. Un lieu heureux, en somme, où l'on apprendrait à vivre mille vies en une ! José veut voir ce vivier. Lui aussi aime rêver. Si les expériences de ce type se multipliaient, les individus seraient capables de s'affirmer sans jamais faire plier les autres, ils répondraient à des lois immanentes, créeraient des forces collectives épanouies... José explique ça au paysan depuis le tas de foin et avale le *tinto* au goulot, il donne envie d'y croire. Est-ce son bagout qui convainc ? Son corps plein d'appétit ? Peut-être ce style extraordinairement délié dans une viande encombrante. Avec lui, tout est énorme, et de fait, semble évident. Souvent, à force de s'époumoner, il fait des crises d'asthme, dit qu'il ne vivra pas vieux, *Eh, pas grave quand un jour équivaut à cent.*

Le voilà qui arrive à la baraque aux côtés d'Horacio, s'assoit à bout de souffle sous la tonnelle. *Madre mía,* la route n'a pas de fin, la chaleur aucune pitié. Il s'éponge le front. Toya lorgne ce drôle de bonhomme, son faciès poupin et son ventre bombé sous sa chemise. Il fait des gestes pour dire qu'il va se reprendre, qu'il les salue. Chose étonnante, il y a toujours quelque chose qui bouge dans son corps. Ça remue de l'intérieur, une agilité sous le gras. Pilar lui sert un grand verre d'eau. Il le boit d'une traite, rugit, *Ah !* — ça vient du fond de la gorge — *qu'il fait bon être ici.* Sans transition, il tape du plat de la main sur la table, *Compañero, compañeras,* propose qu'on en vienne au but. En préambule, il tient à préciser que, selon lui, le droit s'applique à tous. Qu'au risque d'une lapalissade, la justice se doit d'être juste. Aucune société moderne ne peut se revendiquer comme telle tant que son Code pénal autorise les inégalités. Pilar le regarde, ahurie, elle ne comprend pas la moitié de ce qu'il prononce. Il parle trop, trop vite, elle n'a pas le temps de digérer. Pourtant, il lui plaît bien ce José, elle ne saurait dire pourquoi, mais il lui a fait bonne impression dès le premier instant. Toya non plus ne semble pas effarouchée. En arrivant, l'avocat l'a attrapée par les épaules, s'est exclamé, *Ah, la belle enfant !* et l'a frictionnée comme savonnent les grands-mères. Elle s'est laissé faire.

Il leur demande ensuite de raconter. La mère et la fille hésitent, consultent Horacio d'un air interrogatif. Il leur signifie qu'elles peuvent parler librement. D'abord Pilar ne sait pas par où commencer, elle avance sa chaise. Et c'est le front baissé que les phrases viennent, graves, pesées, comme à confesse. Elle dit les treize heures de labeur journalier et le prix du fermage, la peur de manquer et celle de tomber malade. Les mots se font plus pressants, ils s'imposent. Elle énumère les caprices de Madame, parle des chiens, de leurs crocs et du fils Ibáñez qui n'est pas un tendre… À son évocation, elle s'arrête. Autour de la table, on pense qu'elle va en rester là, happée par un gouffre invisible, mais elle se secoue, *Vale*, c'est pour la gamine qu'elle s'en fait. Quel avenir a-t-elle ici ? Finir comme Juan et elle ? Des mules au champ ? Voilà pourquoi les hommes s'organisent en syndicat. Voilà pourquoi Pilar est derrière eux. Le soir de la Saint-Jean — ses mains se tordent —, c'est autre chose. Sur ce, elle se ferme comme une huître. Tout ce temps, José a aspiré les informations, pompé les silences, ce qui se niche dessous. Son esprit glouton relie les éléments, les assemble : le quotidien des ouvriers du delta prend forme sous ses yeux, leurs souffrances aussi, ça lui agace l'estomac, il grommelle, *Ah les salauds…*, pioche une olive, la trempe dans le verre de liqueur, suçote le fruit. Puis il ne dit plus rien. Le soleil infuse la péninsule, la poitrine de Toya et de Pilar. José finit par trancher, *Évidemment, je suis des vôtres.*

La nuit est tombée. On traîne un peu sous la lampe-tempête. Horacio demande à Toya si elle a essayé l'harmonica. Elle fait non de la tête. Il attrape l'instrument, ébauche un air. Puis il contourne la table, se place derrière elle. Quand il l'entoure pour positionner l'objet devant ses lèvres, la petite a un frisson — sensation nouvelle qui fait accélérer son cœur.

*

José a posé ses valises à l'école, une paillasse par terre, dans un coin à l'étage. Dès le lendemain, il se met à pied d'œuvre. L'affaire s'avère plus compliquée que prévu. Sous ses airs d'histrion la Marquise a tissé sa toile et règne en arachnide sur le delta. José devine la ruse : les dégradations de l'église ne sont qu'un prétexte. Doña Serena a eu vent des réunions, elle veut mater la rébellion dans l'œuf. Ses avocats sont sur le coup, ils ont payé des bavards, bibeloté des preuves. Aux yeux de la justice, les gars sont dangereux, ils ont prémédité l'attaque. À l'appui, les déclarations d'Untel : juré, les accusés se sont rencontrés tel jour, à tel endroit, il était question de l'église, de sa destruction. Les hommes de loi sortent les contrats de travail. Tout rassemblement politique est interdit sur les terres de la Marquise. Ils brandissent les feuillets paraphés de la main de Juan, Francisco, des autres. Les paysans ont signé d'une croix en bas. Pour le tribunal, ils ont agi en connaissance de cause. Pendant des semaines, José traque les vices de forme ; il épluche le moindre document, multiplie les visites en prison.

Par acquit de conscience, il demande un jour une entrevue à la Marquise. Le soleil écrase le chemin, et José a l'impression de se décoller les poumons en grimpant la colline. Doña Serena l'accueille comme un malpropre, debout dans le hall. Pas le moindre verre d'eau, aucun égard. Elle s'égosille : comment peut-on croire que ces gueux soient défendables ? Plutôt que de venir l'incommoder, le petit avocat devrait aller voir le padre Miquel. Il trouverait un homme prostré dans sa cure, traumatisé. Et elle clame, *Outrage ! Terrorisme !* José n'attend pas la fin, descend les escaliers en se bidonnant : cette femme est une farce. Lui, il vient de déterrer un os, qu'il ne lâchera plus. La rombière, son triumvirat d'avocats, il va en faire de la chair à saucisse. De fait, de parloirs en soirées de travail, de crises d'asthme en jurons, José décortique le dossier, démonte les témoignages aussi bien que les chefs d'accusation.

Un an plus tard, le directeur de la prison est bien obligé de l'admettre. Dans sa lettre, le juge est formel : les hommes doivent être libérés. Ils sortent les uns après les autres, la main en visière. José les accueille, il n'a averti personne — craignant un revirement de dernière minute. Les gars ont la barbe longue, le flanc maigri, mais bon sang qu'ils sont heureux. Il faut voir avec quelle ferveur ils serrent la main de l'avocat. Des *Gracias amigo*, en veux-tu en voilà, des pognes qui lui attrapent l'épaule, la pétrissent faute d'avoir les mots. Vrai de vrai, ils ne savent pas comment le remercier. José proteste, *Eh, c'est mon métier ! Un métier, ça se rémunère.* C'est Pedro qui a parlé. Non pas qu'il se méfie, mais il se demande de quel côté arrivera le revers de manche. L'autre le met à l'aise : l'argent, ça salit tout. Leur joie, là, maintenant, cette camaraderie naissante, cela vaut plus que la totalité des deniers de la Marquise. Le pêcheur gratte nerveusement la couture de son pantalon. Mais ce n'est pas le moment de lambiner, il se languit trop de retrouver la mer et son bateau. Les hommes prennent alors la direction des baraques.

De les voir devant lui, José a des fourmis dans les jambes. Il empoigne Juan par la nuque, le secoue pour se persuader que oui, il a réussi, le bougre est bien là, et de le sentir sous la pulpe épaisse de ses doigts, ça le fait rire. José répète, *En chair et en os, mon cochon*, et son rire gronde au milieu du plat pays. Francisco le reprend de volée, *En chair et en os ?* Il est miro l'avocat ! Lui, il ne voit que des os ! Immédiatement, les gars maugréent, cette *mierda*, matin, midi et soir, ils en ont soupé. Et ils détaillent les plats qu'ils voudraient manger, se rassasient de leurs seuls noms, *morue à la sauce tomate, poêlée de fèves, vermicelles aux langoustines, crevettes à l'ail*, ils se pourlèchent, ça les regonfle de saliver. Pedro les arrête brusquement. Ce n'est pas son genre de jouer les gâte-sauce, mais ça le tarabuste trop pour qu'il se taise. Lui, il a son chalut. Dieu merci, la mer n'appartient pas à la Marquise. Mais eux… Ils vont retourner aux rizières ? Si tant est que la harpie les reprenne ? Encore faut-il qu'ils aient envie d'y revenir, à cette soupe-là. Le silence, et les traits qui grimacent. Évidemment qu'ils y ont pensé, ils ont eu le temps pour cela. Personne ne se risque à tirer des plans sur la comète : la Marquise pourrait jouer leur sort aux dés si ça lui chantait. Francisco donne un coup de coude à Juan. En tout cas, y en a un qu'a pas de mouron à se faire. Doña Serena ne prendra jamais le risque de se séparer de Pilar. Les autres acquiescent ; pour sûr, une cuisinière pareille, ça pousse pas sous les sabots d'un cheval. Juan crache par terre, peut-être qu'ils ont raison, mais ça ne le réjouit pas de devoir sa place à l'épuisement de sa femme. José tournicote au bord du chemin. Ça fait une paye qu'il y réfléchit. Certes, ce n'est pas le moment, mais il mâchonne tellement son idée qu'elle le déborde, le fait souffler. Francisco se moque, *Eh, l'avocat, encore en train de ruminer des théories ? T'es bien un intellectuel !* José se récrie : lui, ruminer ? Jamais ! Encore moins des théories ! Il préfère les visions, et pas qu'un peu. Regard porté vers la mer. Lyrique, il évoque tout à trac l'abolition de la monnaie, les carnets de producteur, les grands principes de l'autonomie, chante les vertus de la gratuité, du troc et de l'indépendance. Les hommes ne savent pas s'il faut rire ou s'inquiéter, se frottent la barbe ; l'avocat leur fait penser à quelqu'un sans qu'ils mettent le doigt dessus. José s'apprête à enfoncer le clou en invoquant le communisme libertaire quand Pedro siffle entre ses dents, *Le curé ! José parle comme le curé !* Et les gars de se fendre la poire. Piqué, l'avocat se remet en route. Au fond de lui, les mots continuent de miroiter.

*

Quand Pilar arrive à la baraque, elle plaque ses mains devant sa bouche, ses yeux. Elle retient ses larmes, ses cris, rit pour ne pas pleurer, caresse Juan du bout des doigts, vérifie qu'elle ne rêve pas. *Dios mío,* elle n'a pas la berlue. Aussitôt, elle gronde José : pourquoi ne lui a-t-il rien dit ? Elle aurait préparé quelque chose ! Des retrouvailles, ça se fête, pardi ! José sourit, va laisser la famille au bonheur de se revoir, non, il ne dînera pas là ce soir, inutile d'insister, vraiment. Et il serre Pilar contre son gros ventre. Qu'ils savourent, et il s'en retourne sur le chemin, un peu de nostalgie dans l'âme — le goût du désœuvrement après la bataille.

Le lendemain, tandis que Pedro sort son chalut en mer, il y a ce moment de flottement pour les autres. Les paysans ne savent que faire : aller aux rizières, rester aux baraques… Une chose est certaine : la Marquise n'est pas au courant de leur libération, sans cela elle aurait envoyé ses sbires. Ce qui ne saurait tarder. Les avocats se garent dans la cour du Château. Ils préviennent doña Serena. Son visage ahuri : c'est insensé ! Complètement fou ! Décidément, cette maudite République donnera son blanc-seing à toutes les aberrations ! À ce train-là, les horreurs de Castilblanco arriveront jusqu'en Catalogne. Elle chasse l'image de ces pauvres gardes que les paysans ont découpés en morceaux. Quelle horreur, mais quelle horreur ! La Marquise frémit, regrette que son mari et son fils ne soient pas là, eux sauraient mater les velléités des manants. Lors d'une visite de Carlota, Pilar a justement surpris une conversation à propos de don Ignacio et de Carlos en servant le thé : ils resteraient un moment à l'ombre. Pilar s'était signée, *Gracias a Dios*, que le petit marquis se tienne le plus longtemps possible loin d'elle. Elle n'avait pas tout à fait refermé la porte. Un nom avait fuité — Sanjurjo. Ça ne lui disait pas grand-chose. Elle l'avait peut-être entendu, un soir, dans la bouche de José. Une tentative avortée de coup d'État militaire, quelque chose dans le genre, *Vale*, elle avait de la vaisselle à faire. La Marquise et Carlota avaient continué à se goinfrer de madeleines. Doña Serena se languissait tellement de ses hommes. Et pas que pour la gouvernance… Ses lèvres s'étaient entrouvertes avec vulgarité. Elle avait confié à son amie, *J'ai le chichi qui brûle.* Les deux greluches avaient coqueté, Madame devrait prendre un amant… Visage offusqué de l'intéressée. Carlota n'y pensait pas ! Et quand bien même, qui ? La confidente s'était approchée, *Un paysan ?* Rires de grues. Et d'ajouter sur un ton polisson, *À force de bêcher, il te labourerait peut-être la motte mieux que personne.*

Présentement, la Marquise fait face aux avocats, elle accuse le coup. Pour sûr, ce n'est pas la main-d'œuvre qui manque. La preuve, elle n'a eu aucun mal à dégotter des journaliers pour remplacer les hommes aux rizières. Seulement, les tâcherons ne lui plaisent guère. Ils lui ont assuré que non, mais elle est persuadée que ce sont des *gitanos ;* le muscle brun, la langue pendue, elle ne les sent pas. La Marquise soupire, voilà à quoi elle en est réduite, accepter le tout-venant. Elle préfère le sang pur. Plongée dans ses réflexions, elle joue avec les perles de son collier, les fait passer d'un côté, de l'autre, puis se décide enfin : Francisco est allé trop loin. Lui, elle l'a dans le collimateur depuis le début, elle le fera renvoyer. Les autres, elle les reprendra à l'essai. Trois semaines. Sans solde, histoire de bien leur faire comprendre qui commande. Doña Serena écrase sa cigarette. Les avocats consignent ses instructions, ne bronchent pas, ils sont payés pour cela. Ils iront dans l'heure communiquer la décision de Madame. Avant de les congédier, la Marquise ouvre le tiroir de sa coiffeuse, en sort une bourse. Que l'argent soit intelligemment distribué — aux plus bavards, s'entend : elle veut qu'on lui rapporte tous les faits et gestes des fauteurs de troubles.

Les émissaires toquent aux portes, annoncent le verdict. Francisco s'en doutait, mais il a du mal à digérer la nouvelle. Non contente de lui retirer son gagne-pain, la Marquise l'expulse. À ça, il ne s'attendait pas. Dolores non plus, qui se met à pleurer. Elle supplie les avocats, se suspend à leur manche, ne voient-ils pas qu'ils ont un nourrisson, qu'ils n'ont nulle part où aller ? Les types demeurent de marbre. La pauvresse dépense sa salive pour rien, ils ne font qu'obéir aux ordres. Le couple se retrouve seul, au milieu de la baraque et du désarroi. Déjà, les avocats sont en route vers les autres maisonnées. Et partout, la même façon d'agir. On entre sans frapper, fait connaître la décision : dans sa mansuétude, la Marquise est disposée à les garder, néanmoins il y aura une période probatoire. On annonce le montant de la retenue sur salaire. Côté paysans, ça grince salement des dents : trois semaines sans toucher un sou, c'est raide. Lorsque les avocats débitent les clauses légales, les gars se retiennent de cogner. Ils repartent travailler la rage au ventre. La Marquise, cette *puta* — et encore, ce n'est pas juste pour les prostituées —, les punit comme s'ils étaient des gosses. Une mère supérieure. Arrivés aux champs, ils constatent que Francisco manque à l'appel. Cette chienne leur paiera, ils se le jurent.

*

En fin de journée, Pedro trouve Francisco, Dolores et le bébé, baluchons posés devant sa porte. Il n'en revient pas, s'empresse d'ouvrir, *Désolé les amis, c'est pas Byzance, mais ça protège de la pluie et du froid.* Puis il fait griller une bonite sur le feu, au milieu des filets de pêche et des murs écaillés. De la soirée, Francisco ne desserre pas la mâchoire.

Les autres ont ruminé leur amertume tout du long. Ils ont pioché, bêché, tandis que leurs pensées filaient ailleurs, tenaillés par cette envie mordante d'exprimer leur colère, parce que là, ça va trop loin. La radicalité est entrée dans leur vie sous le joug de la Marquise. À trop appuyer sur l'échine, elle a redressé leurs têtes. Le soir, les hommes rentrent chez eux, ils savent qu'il ne faudra pas se retrouver tout de suite, ce serait dangereux. On échangera quelques mots à la faveur des chemins, on confiera trois sous à Francisco et Dolores, on s'organisera sur le tas.

Juan se roule une cigarette dans les bleus du soir, il fume avec une sorte de résolution, un je-ne-sais-quoi d'arrêté. Toya l'observe par l'entrebâillement de la porte. Elle sent que quelque chose a changé, que probablement, le temps des discours sous la glycine est terminé. Le visage de Juan dit cela : baste, les paroles aux odeurs de fleurs, on va entrer dans le dur.

Pendant ce temps, José et Horacio boivent un verre, à l'étage de l'école. Tous deux ont appris le renvoi de Francisco, les retenues de salaire. Si ça continue, il y en aura bien un pour faire une connerie. José arpente la pièce, il n'aime pas ça, pas ça du tout. Horacio essaie de réfléchir, mais son ami lui donne le tournis. Il est d'accord, la situation ne peut pas rester en l'état. Les gars ont trop dégusté, ils sont mûrs pour se lancer dans quelque chose de plus vaste que le syndicat. Seulement, ça se corse. *Comment on se débrouille maintenant que les assemblées sont interdites ?* Il a posé la question tout haut. José froisse le bout de sa moustache entre son pouce et son index, éclate soudain, *Bon sang, mais c'est bien sûr! Les réunions vont reprendre! Sous une autre forme, voilà tout.* Horacio a l'air ahuri. L'avocat le fait s'asseoir, expose son plan. Il lui suffira de faire la tournée des baraques. Les conciliabules dureront autant que nécessaire, un jour, deux, une semaine s'il le faut, il jouera les facteurs. Horacio essaie d'imaginer ce que cela pourrait donner, se demande où le plan pourrait pécher. *Où?* s'impatiente José. Il est leur avocat, qui pourrait leur chercher des noises? Horacio l'admet, la combine n'est pas idiote. Pourtant, il s'inquiète. José va-t-il tenir la distance, lui qui crache ses poumons au bout de trois pas? L'avocat balaie la question. Il se dégottera un vélo, un âne si besoin, cette chance, ils ne doivent pas la laisser filer: toutes les conditions sont réunies pour collectiviser les terres. À ces mots, Horacio pousse un soupir, *Voilà que tu remets le couvert.* José s'anime; il y croit dur comme fer, la solution vient de là. Il brandit le journal et pointe son nom sous le nez d'Horacio, *¡ Tierra y libertad!* L'instituteur lève les mains au ciel. Évidemment qu'il est d'accord! Mais il se pose des questions, et elles sont légitimes. Sur le papier, ça semble simple, concrètement, ça veut dire des armes. Et sur ce point, il éprouve des réticences. Les deux camarades se jaugent. Ils ont eu ce débat une centaine de fois. Horacio ressasse les mêmes arguments : l'éducation devrait permettre à chacun de se défendre, c'est le seul rempart contre la violence. José se gausse. Sans blague, il est impatient de voir son blanc-bec d'ami balancer *Don Quichotte* depuis les barricades — les ennemis en chieront dans leurs braies ! Horacio ne réagit pas. En fait, il faudrait demander aux hommes ce qu'ils en pensent. José hausse les épaules. Pourquoi pas. En son for intérieur, il se réjouit : les gars sont moins pusillanimes que le maître d'école, ils n'auront pas peur de s'emparer d'un dépôt d'armes. La chose est entendue : l'avocat fera le tour des baraques, commencera par celle de Juan. Sauf son respect, il en a un peu marre du riz à l'eau de l'instituteur.

Au petit matin, José se rend chez les Vásquez Montalbán. Il soumet son idée. Le paysan ne voit pas en quoi cela pourrait leur nuire, promet d'y réfléchir. *Vale*, et il serre la main de l'avocat. José continue sa tournée, toque chez Pedro. C'est Francisco qui ouvre. Il est seul : la pêche n'est pas finie. Il écoute, plisse la bouche. Cette idée, c'est le meilleur moyen de perdre du temps. La Marquise, il veut lui fourrer un manche de pioche dans le cul. C'est devenu une affaire personnelle. José voit qu'il n'obtiendra rien de plus, le salue. Qu'il fasse tout de même la commission à Pedro.

Au fil des mois, l'avocat arpente le delta. À chaque passage dans les baraques, il glisse des allusions aux expériences de collectivisation des terres tentées par le passé. Les hommes sont partagés, ils posent des questions. Comment ? Avec quoi ? José n'y va pas par quatre chemins : c'est sûr, il faudrait des armes. Les types se frottent la joue, jettent un œil aux femmes et aux enfants au fond du logis. Est-ce que ce serait bien raisonnable ? Ce n'est pas le courage qui leur manque, mais depuis que le roi est en exil à Paris, ils ont repris espoir dans la démocratie. Ils veulent voter, choisir par les urnes. Ne dit-on pas que le Congrès a décidé de redistribuer les terres inoccupées ? José s'agace. Ils la voient où, la redistribution ? Et puis, ont-ils voté pour avoir faim ? Pour qu'on leur interdise de se réunir ? Cette République, elle ne va pas au bout de ses promesses. Lui, il voit plus grand, plus loin. Et il plaide comme le font les bons avocats, avec verve, en y mettant son cœur. Lors de ses visites, il infléchit peu à peu les désirs. Dans l'esprit des paysans, l'idée fait son chemin, d'abord hésitante, puis de plus en plus légitime. Pourquoi n'auraient-ils pas droit, eux aussi, à un sort meilleur ? Quitte à donner un coup de fusil. Le soir, fourbissant leur rage, ils peinent à trouver le sommeil. Et le lendemain, la colère surgit au moment où ils s'y attendent le moins, devant le café noyé dans l'eau, ou au champ, quand ils se cassent le dos. Le dimanche, elle est encore là quand ils sentent le regard des paroissiaux sur leur couenne. Ce qu'ils supportent le moins ? Croiser la silhouette du pauvre Felipe qui erre en pleurant Alejandra. Les langues se sont déliées. On ne s'embarrasse plus de sous-entendus — Carlos a senti le vent tourner, il a décampé quand il fallait. Pour autant, personne n'est allé baver quoi que ce soit à la Guardia Civil. On sait bien qui se retrouverait derrière les verrous. Ça leur donne des envies de justice, cette affaire. De vengeance aussi. Quant aux sermons du padre Miquel, on les tolère de moins en moins. Le cureton passe son temps à fustiger la violence des pauvres, à jouer les victimes, alors que l'Église protège la droite, qui protège les intérêts des propriétaires. Cette hypocrisie, ils n'en veulent plus.

*

Un soir, hors d'haleine, José pousse la porte des baraques : des camarades se sont levés dans les Asturies ! Des socialistes, ligués avec les anarchistes ! Ils ont voté la grève ! José tend le journal, montre les titres. Les types le regardent, éberlués. Ils ne savent pas lire. Alors l'avocat explique. On ne l'a jamais connu aussi fébrile, il rabâche, *Crénom, à quand le soulèvement, ici ?*

Les jours qui suivent, les nouvelles refroidissent les ardeurs. Le président a dépêché les troupes maures de la Légion étrangère à Gijón. On parle d'exécutions. Les journaux évoquent une poignée de victimes, mais le bruit court qu'il y aurait plus d'une centaine de fusillés. Des camarades abattus froidement, sans jugement, dans les cours des casernes. Ça fait mal au bide d'entendre ça. L'espoir ne devrait jamais se solder de manière aussi dégueulasse. Le général qui dirige la répression ? Un certain Franco.

Toya, elle, n'est pas au courant de ce qui se trame dans le pays. Depuis sa sortie de prison, son père parle peu des événements, pensant pouvoir ainsi la préserver. Alors la gamine baguenaude, glane une bribe ici, une indiscrétion là. Le reste du temps, elle le passe à chasser. Mais cela ne lui suffit plus.

D'autres envies croissent au fond de son ventre. Ses pas continuent de la mener du côté de l'école. Seulement, elle persiste à rester en retrait, se contente de guetter le piano. Parfois, Horacio joue. C'est beau, mais ce n'est jamais le morceau de la première fois. Le choc n'est pas le même. Lui, il a bien remarqué le manège de l'adolescente, fait mine de ne rien voir. Un matin, elle finit par s'approcher un peu plus, et un beau jour, la voilà dans l'encadrure de la porte. Elle écoute un moment puis s'en va. Le lendemain, rebelote. Jusqu'à ce qu'elle passe toute une matinée à suivre la leçon, debout. Enfin, un après-midi, elle s'assoit. Horacio poursuit comme si de rien n'était.

Dorénavant, Toya assiste régulièrement aux cours. Elle écoute, ne lève jamais le doigt. L'instituteur ne presse pas les choses. Petit à petit, elle reconnaît quelques lettres, déchiffre des mots. Pour rien au monde elle ne le montrerait. À la maison, elle dessine des majuscules dans le sable, épelle. Au bout d'un an, l'adolescente sait lire, persuadée qu'Horacio n'en devine rien. Lui est ému aux larmes. Il a vu le mot tracé dans la poussière après la récréation. *Tierra.* En lettres hésitantes. Pas d'article, pas de possessif. Terre. Cette gamine a ça dans le corps.

Et puis, un jour d'hiver, tandis que Toya revient de l'école, elle est frôlée par une voiture qui fonce à travers le delta. Malgré le nuage de fumée qui masque le conducteur, elle devine : une seule personne conduit de la sorte. Elle se recroqueville, *Maudit sois-tu, cabrón !* puis presse le pas. À la baraque, elle s'acquitte des tâches ménagères avec une application exagérée, frotte le sol, aligne les bocaux, aère, époussette, comme si l'ordre de la chaumière pouvait annuler ce qu'elle a vu.

Pilar rentre, traits tirés, ne félicite pas sa fille pour le grand nettoyage, va s'asseoir sur la chaise à côté du poêle. La gamine l'appelle, *Mamá, Mamá…* Aucune réponse. Seul le regard éteint à travers la fenêtre. Alors Toya pose une main sur l'épaule de sa mère, *¿ Mamá ?* Le silence, toujours. Pilar se tourne. Sur sa figure, du gris, du sale, couleurs de peur et de désolation : aucun doute, Carlos est de retour.

*

Toya ne retrouvera plus jamais le visage de sa mère. La cuisinière part pour le Château, livide, en revient plus pâle encore. Juan ne sait que faire, face à ce qui grignote sa femme de l'intérieur. Il a beau tenter de comprendre, redoubler d'attention, elle ne répond pas, ou de manière évasive, et reste assise à côté du poêle, la tête tournée vers la fenêtre, en direction des marais. Elle garde ses mains sur ses genoux, viande morte. Dévorée par la honte. Quant à ses plats, ils rivalisent de fadeur ; des bouillons clairs à la surface desquels surnagent quelques morceaux de poisson, des assiettes sans parfum.

Chaque matin, Toya observe sa mère prendre le chemin du Château. Sa silhouette se désagrège, ses contours s'évaporent. Chaque fois, ça lui broie l'estomac. Un jour, n'en pouvant plus, l'adolescente lui emboîte le pas. Elle n'a pas réfléchi, la suit à distance sans véritable plan, juste pour ne pas devenir folle. Dans la pente de l'oliveraie, Pilar trébuche. Toya voudrait lui venir en aide, mais la peine colmate sa gorge, piège ses membres. Déjà, l'ombre du Château engloutit le corps de Pilar. Toya se hâte. L'hiver a découenné les arbres, leurs bras arthritiques se tendent vers le ciel. Ce que l'adolescente ressent ? De la peur, collante, enracinée. Elle tremble à l'idée de ce qu'elle pourrait découvrir. Toya arrive par la droite, évite le chenil ; à l'intérieur, les alanos virent, revirent, ils grattent la terre, se jappent dessus. La gamine déteste les voir dans cet état. Carlos les affame pour les dresser. Pilar le lui a raconté. Dès leur plus jeune âge, le petit marquis attache les chiots à un piquet, ne laisse à proximité qu'une gamelle d'eau et un oignon. La première journée, les chiens tournent autour du pieu, tirent sur la corde. Quand la nuit tombe, la faim est là. Le deuxième jour, ils griffent le sol, le fouissent à la recherche d'une taupe, d'un pauvre insecte à se mettre sous la dent. Mais rien. Ils glapissent à fendre les oreilles alentour. Le troisième jour, les moins tenaces abandonnent et se jettent sur l'oignon. Ceux qui résistent le mieux tiennent parfois cinq jours. À la fin, ils bouffent quand même le bulbe. Après ça, Carlos s'en targue, ses chiens mangent de tout. Voilà comment il mate ses molosses : par le ventre. L'un d'eux s'est jeté contre le grillage, il aboie en direction de Toya. Elle se rencogne derrière le muret, attend. Le dogue finit par se calmer. Des bruits parviennent alors aux oreilles de l'adolescente. Remuements de bassine, eau de vaisselle ; rien que de très normal.

*

Carlos vit en peignoir dans le Château, il passe son temps à dormir ou à fumer cigarette sur cigarette, affalé dans son fauteuil sous le Christ imposant. La Marquise est aux petits soins pour lui, elle gazouille. Son Carlitos, son *querido hijo* est de retour des Asturies, sa Maman est là, elle va lui faire oublier toutes les horreurs qu'il a vues. Et de le gratouiller sous le menton, de lui masser les pieds, elle le jure, c'est fini, il peut faire dodo son enfançon, ces chiens de gauche ne sont plus au pouvoir. Lui, il se laisse faire, gémit un peu pour que les caresses redoublent, réclame du vin à toute heure, de la brioche. Exige que Pilar les lui apporte sur un plateau d'argent, glisse une main sous ses jupes, fouille loin à l'intérieur. De temps en temps il descend aux cuisines, invente des prétextes. Alors on entend de drôles de bruits venus d'en bas. La Marquise sourit béatement, ensuquée par les verres de liqueur dont elle se gave en y trempant ses biscuits. Il faut la comprendre, elle fête le retour de son Carlitos, se repaît d'alcool autant que de ce qu'il est devenu : un homme, un vrai, avec ses couilles en bandoulière. Elle l'a entendu morigéner la cuisinière l'autre jour. C'est vrai, le potage manquait de sel. La Marquise approuve son fils ; il y a du relâchement chez Pilar ces derniers temps. Ce matin par exemple, le beurre était rance. Doña Serena reprend une gorgée de brandy, se renfrogne. Il ne faudrait pas que ces écarts se répètent, ce ne serait pas de gaieté de cœur mais elle congédierait sa domestique si cela se reproduisait. Quelle plaie, tout de même : où retrouver pareil cordon-bleu après ça ? Les femmes du coin sont des chèvres. Elles se contentent de brouter les cochonneries qui poussent par terre. La Paloma, par exemple, quelle bique. Heureusement qu'elle récure les bidets sans rechigner. Non, Pilar va se reprendre, inutile de s'en faire… La Marquise n'a aucune envie de se laisser envahir par des idées sombres. Elle veut profiter de la nouvelle, se vautrer dans les coussins et imaginer le menu qu'elle servira pour l'occasion : le Marquis l'a prévenue par lettre, il ne lui reste qu'une bricole à régler et il sera de retour. Doña Serena soupire d'aise. Cette relégation aux Baléares n'a que trop duré. Maudites soient les représailles qu'il a subies après la tentative de coup d'État. Par chance, les choses rentrent dans l'ordre, des carlistes ont intercédé en sa faveur. Bientôt, on déjeunera en famille. De la truffe et du bar, peut-être un coq catalan au Byrrh ? Le plus important, c'est que don Ignacio ait enfin regagné le continent. Une île, pensez, c'est une prison à ciel ouvert ! Jamais, au grand jamais, le Marquis n'a mérité pareille infamie, lui qui a toujours défendu la souveraineté de la Couronne, celle de l'Église ! Doña Serena s'offusque, craint d'y laisser sa santé à force de se ronger les sangs. Elle relit la lettre de son mari, ce doit être la dixième fois. Il se permet de si jolis traits de poésie… *Les lumières du delta me manquent, ma mie, la docilité des paysans aussi, brave troupeau qu'il faut diriger de main de maître, comme vous savez ramener les bêtes égarées à l'écurie.* Dieu que c'est beau, qu'il a dû en traverser des épreuves pour en ressortir aussi inspiré. À n'en pas douter, elle le trouvera changé, son homme, affermi par l'expérience, trempé dans le fer dont sont faites les meilleures épées — celles que le forgeron martèle longtemps avant de les refroidir. Ça lui donne des frissons, elle passe en revue les galons qui ornent désormais l'uniforme de son aimé, rougit à cette pensée : il n'ôtera pas sa veste quand il se jettera sur elle. Les médailles feront ce bruit ravissant de clochettes lorsqu'il se démanchera sur sa croupe. Il est temps qu'il revienne, son don Ignacio, elle a de ces fantasmes, *Dios mío,* quelle femme se laisse ainsi aller sur ses coussins ? La Marquise se redresse, époussette les tissus, elle devrait arrêter l'alcool, ça lui chauffe les sens. Mais l'élan de culpabilité ne dure guère, elle glousse en froissant le satin de sa main gauche tandis que la droite coule entre ses jambes.

*

Ce matin, Toya reste un long moment derrière le muret de pierres sèches, ses muscles durcis comme du bois. Pilar finit par sortir pour jeter des épluchures aux alanos. Les rogatons de chou calment un temps les molosses, qui se couchent dans un coin pour siester. L'adolescente attend que Pilar ait regagné les cuisines. Elle se décide alors, quitte sa planque et se perche sur un caillou pour jeter un coup d'œil par la fenêtre. Ce qu'elle voit la renseigne peu. La cuisinière gratte la peau d'une daurade, et chaque fois que les écailles fusent, elle s'essuie le front. Sa mère apprête des poissons, la belle affaire ! Toya n'en saura pas plus. Pourtant, le soir, Pilar revient à la baraque plus percluse que jamais, odeur de cave qui fait froid dans le dos. Elle prépare rapidement le souper, s'assoit sur la chaise à côté du poêle. Juan lui demande pour la énième fois s'il doit faire venir un docteur. Elle répond avec ce timbre mat et résigné, *Mon ami, c'est la vie qui nous tue.*

Le lendemain, Toya colle de nouveau au train de sa mère, le surlendemain encore. Elle a cette vilaine sensation que les murs du Château se taisent, qu'ils gardent leurs secrets par-devers eux. À la fin de l'après-midi, elle se faufile hors de sa cachette, se plaque contre la bâtisse, pose une main sur la pierre dans l'espoir de recueillir quelque confession. Les parements, froids, taillés sévèrement, lui jettent leur indifférence à la figure. Le Château domine le delta depuis des siècles, il a vu naître et mourir tant d'hommes dont le destin lui importait peu. Les piliers de marbre, les jointures, leur dessin géométrique, les arêtes du crénelage, tout en lui dit d'une même voix : les vices des hommes, je peux les abriter en mon sein, moi, je reste droit. Toya frémit, soudain glacée, ce n'est pas une brise ni un coup de froid, ça remonte de l'intérieur, des os. Lui est revenu à l'esprit ce que racontait la mère de sa mère, qui elle aussi, en son temps, avait servi au Château. Elle aimait parler à la veillée, dérouler la mémoire du delta. Jadis, à l'époque où l'Espagne était constellée de peuples, les allées des marchés grouillaient de visages divers — judaïques, mahométans, chrétiens, protestants, d'autres qui croyaient en plusieurs dieux, certains en aucun. Les hommes qui conseillaient le roi, fervents catholiques, détestaient cette bigarrure. Ils voulaient du sang pur, *¡ Limpieza de sangre !* hurlaient-ils en agitant leurs mains vers le ciel. À tolérer tant d'hérétiques, le pays courait à sa perte, ce n'était qu'une question de mois. Ils avaient inoculé la peur chez le monarque qui se résolut au pire. On convertit de gré ou de force tous les juifs qui devinrent des marranes — cochons fraîchement catéchisés —, puis tous les Maures — désormais morisques. On fit couler le sang de tous les impurs, qu'importe qu'il fût d'un même carmin. On suspectait n'importe quel péquin, confisquait à tour de bras, et quand les suspicions n'étaient pas assorties d'aveux, on soumettait à la question : garrot, poulie, supplice de l'eau, dislocation, crémaillère... Rarement l'ingéniosité ne rivalisa autant avec la cruauté. Des femmes et des enfants furent livrés au bûcher en plein milieu de la ville, d'autres dansèrent autour des brasiers. Un homme, plus impitoyable que les autres, avait pris la tête de l'Inquisition. Il s'appelait Torquemada. La région tout entière tomba sous son joug. La fumée des bûchers obscurcit le ciel catalan. La place manquait pour entasser les prisonniers. C'est pour cela qu'on avait hissé la première pierre au sommet de la colline. Le Château n'était pas une gentilhommière, pas plus qu'une forteresse, il avait été construit pour abriter la torture, briser des vies.

Toya ôte brusquement sa main de la façade, vérifie machinalement qu'elle n'est pas couverte de sang. Cette histoire, elle l'a remisée avec tant d'autres que lui contait sa grand-mère, elle ne comprend pas pourquoi c'est ce souvenir-ci qui lui revient à cet instant. Elle court se réfugier derrière le muret, souffle sur ses doigts comme si elle venait de se brûler. Et pendant que le crépuscule tombe, les gonds de la porte grincent. Le bois piqué de clous se referme. Pilar se dirige vers l'orangeraie.

*

Toya sinue entre les troncs, se demande où diable sa mère peut bien se rendre à cette heure.

Pas à la baraque, il faudrait prendre à l'opposé. Elle suit Pilar à découvert — nul besoin de se cacher, tant la cuisinière paraît indifférente à ce qui l'entoure. Pourtant, ils sont beaux, les orangers, dans le bleu du ponant. Le parfum des dernières fleurs cajole le cœur, perforé çà et là de notes acidulées qui montent des fruits écrasés par mégarde. La silhouette monotone de Pilar contraste avec ces vivacités. Elles cheminent ainsi, la mère et la fille, étrange cortège échappé du verger, qui mord la poussière du sentier, traverse le premier ponton, le second. L'eau imbibe la terre, les chaussures aussi, c'est spongieux, ça gargouille à qui mieux mieux. Et là-bas, au bout des marais, la chaumine de Maria se recroqueville dans le couchant.

Camouflée derrière un bosquet de joncs, Toya dérange un pluvier qui le lui fait savoir. Pilar ne se retourne pas, toque à la porte. L'adolescente se tasse dans les herbes. Elle craint les pouvoirs de la vieille : qui sait s'ils n'agissent pas à distance ? Pourtant, la gamine se fait violence, progresse en tapinois. La voilà à quelques mètres. Elle avise un rondin pour épier par le fenestron, quand l'aïeule sort, ébouriffée, *Déguerpis demi-bouteille ! Te mêle pas de ça !* Le cœur de Toya manque de sauter, elle ne demande pas son reste, détale à toutes jambes. L'eau terreuse du marigot, les planches vermoulues des pontons, le premier, le second, elle ne les voit pas, pas plus qu'elle ne distingue la surface noire des bassins sur lesquels la lune pique un liseré d'argent ; elle ne s'arrête de courir qu'une fois claquemurée dans la baraque.

Son père n'est pas là. Il sort fréquemment ; il a à faire, comme il dit. Bien sûr, Toya le renifle, des choses se préparent. Inutile de chercher à en savoir plus, Juan n'est pas près de lâcher quoi que ce soit. De temps à autre, José passe, salue la compagnie, tente une ou deux plaisanteries pour arracher un sourire à Pilar. La dernière fois, Juan l'a entraîné dehors. Ils ont allumé une cigarette au bord des bassins, parlementé, leurs profils se détachaient sur les mauves du lointain. La discussion semblait intense, et la braise rougeoyait au bout des sèches. Puis les hommes étaient revenus, José avait passé la tête par la porte, il serait bien resté, mais il devait filer, les affaires étaient les affaires, et il avait imité le salut militaire, *Adiós compañeras,* avant de se raviser : il allait oublier, elles avaient le bonjour d'Horacio. Le cœur de Toya avait cogné plus fort.

Ce soir, ni Juan ni José ne sont là. Elle est seule et se tourmente. Une nuée de questions l'attaque, comme autant de frelons. Les coudes sur la table, elle rumine ses pensées.

Cela fait un moment qu'elle s'est assoupie quand des pas sur le chemin la tirent de sa torpeur ; elle se précipite. Certainement son père !

*

Toya attrape sa mère sous les bras, la traîne jusqu'au lit. La gamine tremble de tous ses membres, elle n'a jamais vu autant de sang, un flot continu, qui se répand en jupe pourpre autour de Pilar, échouée sur la paillasse. La bouche de la cuisinière amorce des débuts de phrase qui restent en suspens, son corps tordu par des douleurs foudroyantes. Elle balbutie en cherchant la main de sa fille, *Pequeña salvaje*, voudrait en dire plus, et de ses yeux inonde Toya d'amour, mais c'est le sang qui coule, et la couche dégorge de partout. Emplie d'horreur, Toya veut appeler au secours, aussitôt se trouve stupide : elles sont seules au milieu de nulle part, les échassiers n'ont que faire d'une femme qui se vide. Alors elle se jette au sol, éponge les humeurs de sa mère, halète, les mains barbouillées de larmes et de rouge, implore Pilar de tenir, *Te lo ruego*, répète ces mots, éperdument, comme s'ils pouvaient faire barrage. Hélas tout devient carmin, couleur de l'amour qui s'en va, des fleurs qui se déchirent, et Pilar n'a bientôt plus la force d'articuler quoi que ce soit. Elle tente de vagues signes du menton que Toya ne comprend pas, y perd ses dernières vigueurs. La moribonde s'entête, de drôles de bruits éclosent dans sa gorge, et la gamine finit par deviner que sa mère désigne l'armoire. Elle se rue contre les battants. À l'intérieur, des piles et des piles de linge propre. Nouveau regard éploré à sa mère. Nouveau signe du menton — vers le haut. Toya fouille, acharnée, comme un chien retourne un terrier, de la rage au bout des pattes. Les chemises volent. Du lit, un cri ridicule, étouffé ; Toya s'immobilise. Péniblement, Pilar fait non de la tête. En dessous ? Faible hochement. Les draps valsent, du coton, de la serge, des formes géométriques, ce serait joyeux si ce n'était terrible. Puis les tissus se posent, qui suçotent le sang. Alors, quand le sol n'est plus que désordre rouge, quand il ne reste plus que le bois de l'étagère, Toya aperçoit une toute petite boîte. S'agirait-il d'un remède ? L'idée que le cauchemar puisse cesser allume des brandons d'espoir. Elle soulève précipitamment le couvercle, avise la poudre blanche, court la porter aux lèvres de sa mère. Qui se détourne. Toya comprend : ce n'est pas un remède. Pilar s'accroche à la main de sa fille. Elle veut dire quelque chose. L'enfant sait qu'il n'y aura pas de miracle, seulement quelques mots à l'orée de la mort. La voix de Pilar déjà dans l'au-delà, ténue, presque poussière, *C'est du poison…* Le souffle s'épuise, *pour me venger…* Ultime effort, *nous venger…* Sa tête retombe sur l'oreiller, bruit de pétale qui emporte le secret avec lui.

Toya cligne des yeux, anéantie. Tout ceci ne peut exister. L'adolescente serre la boîte contre elle, son contact, froid, inerte, la répugne. Alors elle s'affaisse lourdement contre la paillasse. Et sanglote.

*

Ensuite, tout est écrasé par le goût du sel, celui des larmes que Toya ravale. Son corps déborde — hoquets, borborygmes —, trop chétif pour contenir tant de peine. Envers et contre cette marée, la petite ramasse les draps, les chemises, elle les fourre dans le poêle, ne voit pas les flammes, ne sent pas la fumée, obsédée par cette idée unique : remettre la pièce en ordre pour que tout soit décent, pour qu'à son retour son père ne perçoive rien de l'horreur. Alors elle frotte, brique le sol, fait des allers-retours aux bassins, vide les cuvettes rougeâtres.

La baraque est propre. Ne reste que Pilar, étendue dans ses jupes pourpres. Les pleurs de Toya creusent son cœur mais c'est à elle de le faire : l'adolescente commence à déshabiller sa mère pour la vêtir dignement. Ôte une chaussure, puis l'autre. Ensuite, les bas. Et là, déroulant la laine, elle découvre les bleus. Partout, à l'endroit où la peau est la plus fine, au plus tendre de la chair — intérieur des cuisses, des bras, haut du flanc —, Pilar est recouverte d'ecchymoses. Un courant violent agite l'échine de Toya, fait refluer les sanglots et les filets de morve. La voilà soudain dure, emplie de fureur. Les derniers mots de sa mère ricochent sous son crâne, *C'est du poison, pour me venger, nous venger...* Elle va traverser le delta, sortir la vieille de son lit, lui soutirer des aveux et la forcer à avaler le contenu de la boîte.

Juan choisit ce moment pour rentrer. Il reste pétrifié dans l'embrasure. Ses yeux disent, *Je ne veux pas comprendre*, mais déjà la chose est entendue, déjà la détresse l'ouvre en deux. Il s'écroule à genoux. Pleure comme un enfant. Toya lui caresse les cheveux, le rappelle à elle, *Papá...* Mais Juan est déjà trop loin, égaré dans les confins du malheur. Il n'entend pas sa fille qui promet de revenir vite.

Dehors, elle s'enroule de nuit, biffe le delta tel un fauve, habitée par ce désir inexorable : venger sa mère. L'adolescente répète les gestes à faire — la porte, se faufiler, le lit, bloquer la vieille, enfin la boîte, et la poudre à administrer. Elle veut jusqu'au dernier souffle de la sorcière, elle veut ses yeux dans les siens.

La lune découpe les contours de la chaumine, linceul pâlot. Alentour, tout est paisible. Toya se repaît de chacun des bruits ordinaires. Ce qu'elle s'apprête à commettre n'est pas moins doux. Réparer le crime, frapper le bras funeste. Elle pousse la porte, n'a pas le temps de s'habituer à l'obscurité qu'elle reçoit un coup derrière la tête.

Elle se réveille ligotée, le visage parcheminé de l'aïeule au-dessus d'elle. Toya lui crache à la face.

Maria esquive, redresse la jeune fille, l'adosse au mur. À chacun de ses mouvements, des odeurs de vase. *Petite, petite...* L'adolescente se dégage, brusque mouvement du cou, pas envie que la vieille la touche, encore moins d'être traitée comme une enfant. Maria insiste, *Petite... Petite...* Voilà comment elle s'y prend — mal, c'est certain, mais en s'insinuant, à la manière de l'eau qui détrempe la terre. Finalement, les paroles de l'ancienne mollissent la volonté de Toya, la dépossèdent, une moiteur l'enveloppe, elle est chiffe, veule, en oublierait presque pourquoi elle est venue. Et d'une langue que la gamine ne pensait pas connaître, proche du coassement, Maria lui raconte ce qui se passe lorsque les hommes aiment les femmes, ce qui advient des corps quand le désir les meut, elle déniaise l'adolescente, prononce des mots très beaux, *amour*, *étreinte*, d'autres plus âpres, *viol*, *avortement*, elle dit qu'elle est le dernier recours des femmes qui viennent la voir au bout du bout, quand le fruit est déjà semé. Pour Pilar, elle est désolée. Le monstre avait planté son dard trop loin, trop de fois. La voix de la vieille se mêle de tant de lassitude que Toya ne peut plus avoir de doute. L'aïeule n'est pas coupable.

Maria a cessé de parler. Toya demeure immobile. Elle sent les mains calleuses la libérer, ne cherche plus à s'échapper. Une question la plaque contre la chaux : mais alors, qui ? Qui a tué sa mère ? Debout près du poêle, Maria relève le front. Le reflet des flammes brasille dans ses pupilles. L'adolescente y voit grimacer un visage. Bien sûr qu'elle sait. Elle le sait depuis toujours. Alors elle se redresse, porte la main à sa poche. La boîte a disparu. Tout en tisonnant les braises, Maria promet qu'elle la lui rendra. Le moment venu. Pour l'instant, elle la conserve. Toya n'obtiendra rien de plus, elle claque la porte.

*

Elle court, n'en finit plus de dérouler son pas, continue malgré l'épuisement, malgré les émotions, laisse son corps décider ; il sait exactement où il va, en cette heure qui n'est bientôt plus la nuit, pas encore le jour. À mesure que Toya distingue le mur de pierres sèches, l'aube berce le delta, c'est soyeux — du duvet, avec quelques effilochés de nuages. Les larmes envahissent ses yeux, de vraies larmes dénuées de rage, seulement lourdes de chagrin. Quand elle monte les escaliers, ses jambes flageolent, lorsqu'elle atteint la porte, elles sont prêtes à flancher ; Toya fouille la pénombre, et s'effondre.

Horacio se réveille en sursaut. L'adolescente est au pied du lit, elle serre le jeune homme de toutes ses forces. Pris au dépourvu, il la serre à son tour, le visage plongé dans ses cheveux. Ça lui emplit les narines — la tiédeur du sable et l'émergence des joncs, la surface mobile de l'eau et le fouillis des berges. Il y a du sel et des libellules. De sombres bêtes gîtent dans les coins, araignées ou serpents. Surtout, il y a de l'ampleur, avec la mer et ses possibles. Le delta tout entier niche dans la tignasse de Toya. Jamais une femme ne lui a fait pareil effet. Il s'en veut, c'est son élève tout de même ! Horacio se détache délicatement de l'adolescente, la tient par les épaules. Doucement, il lui demande, *¿ Niña, qué paso ?* Elle essuie ses larmes, lève ses yeux en direction de l'instituteur. Et d'une traite raconte tout. Pas d'effet, pas d'emphase. Les faits suffisent. José les rejoint. Il écoute, bouche bée. À plusieurs reprises, les deux hommes répriment un haut-le-cœur.

Du bout de son mouchoir, Horacio tamponne les joues humides de la gamine, se tourne vers son ami d'un air de dire, *Et maintenant, on fait quoi ?* L'avocat arpente la pièce. Il réfléchit à voix haute. Le plus urgent, c'est de soutenir Juan, leur ami ne doit pas rester seul. Et puis la petite a besoin de repos, elle a engrangé plus de chagrin qu'il n'en faut pour estourbir un âne. Il n'a pas tort, la tête de Toya vacille, la fatigue et l'abattement ont raison de son courage. José sonde Horacio : aurait-il la force de la porter sur son dos ? L'instituteur affiche une mine déconcertée, presque pusillanime. La seule idée de sentir la jeune fille contre lui provoque des élans contradictoires. José s'agace. Qu'il se dégauchisse, nom de Dieu ! Et de pester ; sans ce souffle poussif, Toya serait déjà sur ses épaules ! Horacio se lève, disparaît derrière le paravent. Vite, une chemise, vite, un pantalon. Depuis le seuil, José le presse, *Venga, vamos.* L'adolescente s'accroche au cou de l'instituteur, la tête contre son épaule. Elle se niche, animal blessé. Horacio a beau lutter, le voilà enveloppé d'une chaleur troublante.

Ce qui se joue sous ses yeux, José ne le remarque pas. Il descend les marches en ajustant sa casquette, annonce qu'il va prévenir les camarades ; avec un peu de chance, il arrivera avant l'embauche. Après ce qui s'est passé, les paysans ne doivent pas retourner au boulot. On déposera les outils ce jour.

Sur ces entrefaites, les deux amis se séparent.

*

Juan n'a pas bougé. Il est recroquevillé à même le sol, en chien de fusil, ne semble pas plus réveillé qu'il ne dort. Rompue, Toya s'est assoupie en chemin. Horacio la dépose sur la paillasse, remonte la couverture sous son menton. Il perçoit le souffle de la jeune fille et ses senteurs de brindilles. Avant de s'occuper de Juan, l'instituteur jette un œil en direction de Pilar. Sa pâleur rehausse étrangement la douceur de ses traits. Même dans la mort, elle n'en finit pas d'être belle.

Il assied Juan sur une chaise, lui sert un verre d'eau et lui donne à boire comme on hydrate un vieillard. Juan se laisse faire. Son âme a déserté les lieux, elle erre par-delà le delta, à la recherche de Pilar. En regardant son ami, l'affaissement des omoplates, ses lignes harassées, Horacio reconnaît la silhouette de Felipe. Il se fait alors ce serment : Juan ne sombrera pas dans la folie.

Un nuage monte du côté des rizières. Le ciel est pourtant clair, nulle brume, bleu insolent, l'une de ces matinées d'hiver aux gâteries de printemps. Horacio se dirige vers le pas de la porte. Ce qu'il découvre le frappe de plein fouet. Une file ininterrompue de paysans avance vers la baraque, ils sont serrés, décidés, leurs souliers lèvent la poussière. Certains ont encore leurs outils à la main, des femmes grossissent les rangs et quelques enfants courent sur le bas-côté. Tous approchent dans la clarté de ce matin de deuil, et leur progression a des airs de lendemain. À la tête du cortège, la panse fière, José. N'était le chagrin, ce serait le plus beau jour de sa vie : les hommes ont cessé le travail.

Ce début de grève restera dans les annales. Ce qu'on retiendra ? La spontanéité de chacun. Aucun n'a réfléchi avant de se joindre au mouvement. Même si certains ne connaissaient pas Pilar, le récit de l'avocat les a émus. *Des mots simples, des paroles vraies*, voilà ce qui les a touchés.

Le bonhomme n'a pas ménagé sa peine, à passer de champ en champ, à haranguer les travailleurs. Eux, quand ils l'ont entendu, ils ont suspendu leur geste, comme ça, d'instinct, parce que c'était la chose à faire. Ils ignorent ce qui les attend. Ne savent pas combien de temps durera ce qui commence. Ils ont juste pris le chemin de la baraque, à la suite de José, et cette sensation d'être coude à coude, de se tenir droits face à l'injustice, chauds face à la mort, diffuse une douceur étrange, une force peu commune. Arrivés autour de la maisonnette, ils se regroupent en cercle compact. En digue. En famille élargie. La peine n'est pas moins grande quand elle est partagée, mais elle pèse moins lourd. Le plus marquant ? Le deuil leur impose le consensus. Parmi eux, on trouve des athées, des catholiques, des communistes, des anarchistes, des socialistes, des républicains, d'autres encore qui n'ont pas d'opinion, et quelques-uns qui sont connus pour n'être que des excités. Aujourd'hui, tous font taire leurs querelles. Le corps de Pilar les rassemble, de sa dépouille naît le commun. Ce qui ne se négocie pas. En partage, ils ont la faim, les brimades. L'opprobre aussi. Pourtant, ça aurait pu continuer comme ça pendant des siècles. Personne ne dira le contraire. Alors, qu'est-ce qui les a poussés à cesser le travail ce jour-là ? Des malheureuses, il y en a eu d'autres. Alejandra, par exemple, sans chercher bien loin. Allez savoir pourquoi, cette fois-ci ce fut différent… Certains allégueront que les événements se produisent quand ils sont mûrs. Ce matin, c'était une grenade pleine à craquer de jus ; il a suffi d'en effleurer la peau pour qu'elle explose. Le plus important, c'est qu'ils soient là, rassemblés autour de la baraque, en brassée d'oiseaux autour du nid.

*

Dans la matinée, un contremaître prévient la Marquise. Les paysans ont débauché dès la première heure, il ne s'en trouve plus un seul aux champs. Doña Serena croit défaillir. Comment ? De quel droit ! Le type hausse les épaules, manière de dire, *Qu'est-ce que j'y peux ?*, et la laisse à ses vapeurs. Elle descend aux cuisines — la domestique lui préparera un frichti, enfin, de quoi grignoter avant de gagner la plaine —, appelle Pilar. Personne. L'évier est sec, les marmites rangées. La Marquise a une remontée acide, somme la Paloma qui balaie l'entrée. Est-ce qu'elle sait ce qu'il se passe ? La mégère se pince les lèvres. Puisque Madame en parle, elle a bien remarqué quelque chose en venant : les champs étaient vides… La Marquise soupire. Comme si elle avait besoin d'elle pour le savoir ! L'autre retourne à son tas de poussière en marmonnant tandis que doña Serena grimpe les marches quatre à quatre. Elle se précipite dans la chambre de Carlos. C'est un comble ! Tout le monde a décidé de rester au lit ce matin ! Elle est dans tous ses états, son peignoir bâille un peu, laissant apparaître la poire de ses seins. Carlos a l'habitude des scènes maternelles, il continue de fumer, les pieds sur la coiffeuse, pendant qu'elle larmoie. Serena Ibáñez ne comprend pas d'où vient tant d'ingratitude. Cette idiote de Pilar se prendrait donc pour une syndicaliste ! Bientôt, les paysans joueront aux anarchistes. *Ah, elle est belle, l'Espagne !* Carlos ricane, se jette en boule sur le lit, imite un chiot qui gémit, *Rendez-nous le roi ! Rendez-nous le roi !*, puis s'affale sur le dos. Allez, sa mère en fait des tonnes, ce n'est pas demain la veille que les rouges prendront le delta : elle les tient, ses bonshommes. Mieux que le gouvernement son pays. Si ça peut la rassurer, ma foi, il va l'y conduire. Elle leur donnera la fessée.

La voiture fend le delta, les pneus de l'automobile lèvent des nuées blanches. La Marquise guette l'habituelle silhouette des paysans. Rien, pas le moindre dos cassé en deux. Les rizières sont désertes. Elle a des suées. Son fils se montre peut-être trop optimiste. Avec les élections qui approchent, ces imbéciles de révolutionnaires ont dû instiller leurs idées dans les rangs. À ces mots, Carlos tire le frein à main en plein milieu de la route, se tape sur les cuisses en riant à gorge déployée. Des idées ? Chez ces gens ? Sa mère déraisonne, même les chimpanzés ont plus de jugeote. Elle n'est pas d'accord. Son trésor manque parfois de mesure. Les paysans, elle les connaît. Ce ne sont pas des génies, soit, mais pas exactement des singes non plus. Certains l'ont étonnée ; ils avaient de ces raisonnements quand ils réclamaient des miettes de ceci ou de cela ! On aurait dit qu'ils philosophaient. Ce Francisco, par exemple, elle n'a jamais pu le piffer.

Doña Serena propose de faire un crochet par chez les Vásquez Montalbán, histoire de tirer cette fainéante de Pilar du lit. Carlos s'y voit déjà, il presse l'accélérateur. La voiture zèbre le delta. Au loin, le toit de la baraque ; une drôle de masse. Ni la Marquise ni son fils ne se doutent de quoi que ce soit. Ils filent, confiants, outrecuidants. Carlos se permet même de pousser le moteur pour préparer son dérapage dans la cour. Plus ils approchent, plus la masse se précise. Elle fluctue, grouille, on distingue des gestes belliqueux. Quand le petit marquis comprend que les paysans sont agglutinés de part et d'autre de la cahute, il perd son sang-froid. Soudain, il ne sait comment, la voiture cale dans une ornière. Les voilà coincés sur le chemin tandis que la foule amorce un mouvement vers eux. Il sue, le Carlos, comme un porc, donne des tours de clef pathétiques. À côté, sa mère vocifère,

¡ Más rápido ! Les paysans ne sont plus qu'à une encablure, elle les distingue nettement : gueule ouverte, trognes menaçantes. Tout à coup, une pierre traverse le pare-brise. Carlos manque se pisser dessus. Ultime tour de clef. Par miracle, le moteur redémarre. Mais l'imbécile s'emberlificote dans la manœuvre. La Marquise lui hurle dessus, tourne le volant à sa place, en lui ordonnant d'enclencher la marche arrière. Il obéit, livide. Enfin la voiture se retrouve dans le bon sens. Dans le rétroviseur, doña Serena aperçoit le visage des paysans. Yeux hagards, lippes tordues. À quelques minutes près ils se faisaient lyncher.

*

De retour au Château, doña Serena se précipite à droite, à gauche, s'égosille, *¡ Pepe ! ¡ Pepe !* Comme il ne répond pas, elle pâlit. Son jardinier n'a tout de même pas été contaminé, lui aussi ! Elle agite la clochette de l'entrée, intime à Carlos d'aller chercher le vieil homme, elle a besoin de lui, *Ici, maintenant !*

Pepe finit par se présenter. Désolé, il n'avait pas entendu, il taillait les fruitiers dans le verger, c'est la bonne période, avant la montée des premières sèves. La Marquise l'interrompt sèchement, elle ne l'a pas fait venir pour une leçon d'horticulture ! Il doit se rendre à l'église séance tenante. Elle a un télégramme pour son mari. Le padre Miquel ira le poster en ville. *Révolte des paysans. Stop. Venez avec des hommes. Stop.* Pepe saisit le billet, et remarque que sa patronne le toise. D'un air circonspect elle lui demande si elle peut lui faire confiance. Il s'en trouve mortifié. A-t-il jamais manqué à quoi que ce soit ? La Marquise réprime son exaspération : ce n'est pas l'heure des jérémiades. Elle veut sa réponse. Peut-elle, oui ou non, lui faire confiance ? *Évidemment, Madame.* Bien. Doña Serena ordonne au larbin de pousser après cela jusqu'à la caserne. Il doit prévenir la Guardia Civil. Il en reste baba. La caserne ? Elle est à plus de quinze kilomètres ! Eh bien, il n'a qu'à prendre le vélo, puisque le courage lui manque. La Marquise baisse alors la voix, comme s'ils étaient épiés. Pepe doit bien enregistrer ce qu'elle va lui dire, ne rien oublier. Aucun des paysans n'est venu travailler ce matin. Pire, ces gueux les ont attaqués, elle et son fils, une heure plus tôt ; ils manigançaient Dieu sait quoi autour de la baraque des Vásquez Montalbán. En tout cas, ça ne sent pas bon. A-t-il bien tout compris ? Pepe opine du chef. Casquette vissée sur la tête, il se dirige vers le garage, n'a pas fait deux mètres que doña Serena le rappelle : dès son retour, il installera une clôture autour du domaine. Pour les protéger de ces sauvages : ce matin, les paysans ont révélé leur vraie nature. Carlos s'est avancé derrière sa mère. En parlant de se protéger, il en a profité pour retirer toutes les gamelles aux alanos. Si jamais l'envie prenait aux culs-terreux d'approcher, il n'hésiterait pas à lâcher les chiens. Pepe rentre la tête dans ses épaules. Il n'aime pas ça, non, il n'aime pas ça du tout.

*

La Marquise et Carlos se calfeutrent au Château. Serena Ibáñez décroche le fusil de chasse, monte au premier guetter par la fenêtre du milieu. Elle balaie la plaine du regard, se prépare à voir débarquer à tout instant une horde assoiffée de sang. Elle attend une heure, deux. Rien. Le soir, tout demeure tranquille. La Marquise jette un œil à la pendule ; huit heures. Et cet imbécile de Pepe qui n'est toujours pas rentré. Il aura crevé en chemin ? Même pas foutu de réparer un vélo... Carlos geint depuis sa chambre, il meurt de faim ! La Marquise n'y a pas pensé. Comment vont-ils se débrouiller si Pilar ne revient pas ? L'instant d'affolement passé, elle brame : qu'il pioche dans la réserve de biscuits, se coupe un bout de jambon, ou sa propre main s'il n'a pas la force de descendre, elle a d'autres chats à fouetter. Carlos applaudit, *Bravo, Maman, bravo. De l'humour même dans l'adversité, c'est à cela qu'on reconnaît les grandes dames.* Et il dévale les escaliers. Dîner de madeleines, c'est croquignolet.

Toute la nuit, la mère et le fils se relaient. Quand l'un dort — la Marquise, elle, cauchemarde —, l'autre surveille par la fenêtre, le fusil à portée. Le matin, force est de constater que tout reste quiet. Le delta ronronne au bord de la Méditerranée. Comme de coutume, la Paloma arrive à sept heures. Elle est fiérote, détient une information de première importance. Ça va leur faire tout drôle, aux patrons. Alors quand doña Serena émerge, la gueule enfarinée, la femme de ménage lui tombe sur le râble, *Vous savez quoi, si elle est pas venue, la Pilar, c'est qu'elle avait une bonne raison…* La Marquise bâille, elle n'a aucune envie de jouer aux devinettes. Que la Paloma en vienne aux faits. L'autre tient à soigner ses effets. *Eh bien… C'est qu'elle est morte.* Doña Serena se fige. La commère ajoute plus bas, *À ce qu'il paraît, elle s'est vidée de son sang, y en a même qui disent que…* Elle hésite, se demande si elle fait bien de continuer. La Marquise s'impatiente. Alors, ça vient ? La domestique se signe. On raconte que c'est le petit marquis qui l'a tuée. Serena Ibáñez tressaute. Carlos ? *C'est ce qui se dit.* Les paysans auraient arrêté de travailler à cause de ça. *Qu'est-ce que c'est que ces salades !* Doña Serena regarde la bonne : mais elle, elle est là, pourtant ? La Paloma se dandine, toute de miel. Madame sait bien, elle, c'est différent. *Ah.* La rombière tourne les talons sans autre forme de procès. La Paloma ravale sa fierté. Elle aurait espéré mieux, une marque de reconnaissance, ne serait-ce qu'un merci. Pour se venger, elle crache dans l'eau du broc.

Tout en gravissant les marches, la Marquise ordonne ses pensées. Alors comme ça, Pilar serait morte ? Et Carlos en serait responsable… Elle doit bien l'admettre, l'hypothèse n'est pas si incongrue. Si c'était vrai, elle aurait un mal de chien à sortir son Carlitos du guêpier. La dernière fois, c'était déjà moins une. *El coronel* de Córdoba leur avait rendu un fier service en enrôlant le garçon dans son bataillon. La Marquise pensait même que l'armée le corrigerait. Elle soupire. Mon Dieu, il ne manquait plus que ça.

Doña Serena se retire dans son boudoir, veut réfléchir à tête reposée. Elle dispose d'un petit moment : pour l'heure, Carlos surveille l'entrée du Château depuis sa chambre. Elle se laisse tomber au milieu du sofa, avise sur la desserte en acajou la bouteille de parfum que Carlota lui a rapportée de Paris. Elle ouvre le flacon, fait lentement glisser le bouchon derrière ses oreilles, le long de son cou. C'est fort, luxurieux. Doña Serena ne reconnaît pas les accords puissants de rose et de jasmin, elle aime juste la bouffée insolente, le faste de l'odeur. Elle bascule la tête en arrière, s'abandonne contre les soies du dossier. Alors c'en est fini de Pilar… Elle pense aux brioches du matin, aux *arroces negros*, aux tablées croulant de victuailles et de couleurs. Un accès de mélancolie la prend, comme ça, dans l'opulence d'un parfum Guerlain. Elle se raccroche in extremis aux problèmes d'intendance : quelle guigne, il va falloir dégotter une remplaçante. Carlota saura lui recommander quelqu'un, une fille de la ville, avec un bon pedigree. L'ennui, c'est qu'il faudra y mettre le prix. Pilar était une perle, elle travaillait pour une misère. En attendant, la Paloma assurera l'intérim. S'il faut manger de la soupe aux cailloux, on mangera de la soupe aux cailloux. Ce sera toujours mieux que de jouer les souillons.

La Marquise frappe à la porte de Carlos. Assis près de la fenêtre, il feuillette négligemment une revue, tout en jetant de vagues coups d'œil au delta. D'un ton détaché, il rassure sa mère : les paysans ne viendront pas. S'ils avaient dû, ils seraient déjà là. Ce ne sont que des couilles molles. La Marquise ne répond pas, plantée dans l'entrée. Elle ne sait par quel bout attraper la chose. Carlos s'en amuse. Qu'est-ce qu'elle a, on dirait une jeune fille qui attend qu'on l'invite au bal ? Doña Serena prend alors une profonde inspiration, *Querido hijo*, elle a quelque chose de fort désagréable à lui demander. Carlos hausse les sourcils. Qu'il lui pardonne, mais elle doit en avoir le cœur net. Est-ce qu'il a tué Pilar ? Le petit marquis explose de rire. Tuer Pilar ? Encore faudrait-il que la cuisinière soit morte ! Sa mère insiste. Ne s'est-il rien passé qui ait pu avoir de fâcheuses conséquences ? Carlos remue la tête.

Elle peut se rasséréner, la leçon de la dernière fois lui a suffi : il n'abîme plus ses jouets. Et il lance un regard narquois à sa mère. Qui demeure inflexible, campée sur ses deux jambes, *Eh bien ?* Carlos se lève, plonge son regard dans le sien. Soit, si elle veut savoir, il a bien joué avec Pilar. La Marquise se contracte, *Jouer ?* Carlos s'approche, chuchote à son oreille, *À touche-pipi*, veut-elle des détails ? Elle lève les yeux au ciel, *Ah !* Et attrape la joue de son fils entre son index et son majeur, la secoue comme on chamaille un mômichon. Cet enfant est décidément incorrigible ! Soulagée, doña Serena se permet une turlupinade : maintenant, il ne lui reste plus que la Paloma pour s'ébrouer, cent pesetas que ce sera moins plaisant ! Elle éclate de rire et ajoute, prenant la direction du rez-de-chaussée, *Continue à surveiller l'entrée, cela te servira de punition !* Carlos la remercie. L'atmosphère s'allège : ils ont retrouvé leur confiance, l'envie d'en découdre. Martiale, la Marquise entre dans son bureau. Ces paysans, elle les remettra aux champs. Sous le feu des armes s'il le faut. Pour l'heure, elle va consigner chacune de leurs absences. Et s'ils ne reprennent pas le travail, elle les renverra. Tous.

*

Pendant ce temps, les allées et venues s'enchaînent autour de la baraque, une véritable fourmilière. Les uns coupent du bois pour le feu, les autres pour les planches du cercueil. Des femmes font mijoter de grands plats à même les braises, cuisent des pains qu'on fourre avec les ragoûts. Pas besoin d'assiette, on casse la croûte comme on peut.

Juan reste muet. Il a vu les camarades, a constaté l'immense élan de solidarité. Un signe de la tête a suffi pour dire merci. Les gars comprennent, eux non plus n'étalent pas leurs sentiments. Ils se contentent de se rendre utiles et tâchent de ne pas se disputer quand une brouille s'annonce. Le chagrin de Juan et Toya les oblige à s'entendre, à tempérer les questions qui finissent d'habitude en pugilat. Le premier soir, Francisco ne décolère pas. Dire que la Marquise et son fils ont eu le culot de venir jusqu'ici ! Moins une, et ils les chopaient. Dolores lui masse les épaules, *¡ Cálmate, cariño !* Il se venge sur le pain, mastique avec rage. En retrait, Juan semble ne rien entendre de la discussion. Francisco a bien réfléchi à ce que propose José, cette histoire de lopins collectivisés. Elle est là, la solution. Pas de maître. Autour, les autres le regardent avec des yeux ronds. Aurait-il trop bu ? Et qu'est-ce que c'est que cette histoire de collecte ? Au milieu du brouhaha, une voix s'impose. C'est Juan, sorti de sa torpeur. Il est d'accord. De sa vie, il ne travaillera plus pour le Château. Les autres acquiescent. Hormis cultiver la terre, il ne sait rien faire de ses deux mains. On continue d'approuver. Des *Bien vrai.* Des *Moi non plus.* Juan, encore : l'idée que le fruit de sa sueur lui revienne, ça lui plaît. Si on s'y met tous, on peut y arriver. *La Marquise, elle va nous tomber dessus ! Envoyer la Guardia Civil !* C'est un jeune qui s'inquiète. Le reste de la troupe est forcé de l'admettre, on a moyennement envie de se coltiner la flicaille. Juan se lève, parcourt l'assemblée des yeux. La Guardia Civil, elle ne viendra pas. Elle n'aura pas besoin. Ils vont reprendre le travail comme si de rien n'était. Ils sèmeront, feront croître, moissonneront et engrangeront. Le moment venu, ils bloqueront les greniers. Juan a pesé la chose. Sa vengeance, il la veut froide. Pas une petite révolte. Non, un changement profond, radical. Une révolution. Et s'il le faut, il sera le premier à brandir un fusil.

Alors, dans la nuit violette de février, les hommes tombent d'accord. Ils n'acclament pas, ne se serrent pas dans les bras. Ils sont juste d'accord, et c'est déjà beaucoup.

Les types qui s'occupent du cercueil arrivent. Ils ont planté le dernier clou. La question agite les esprits mais personne n'ose la poser. Dolores s'y risque. Pilar, elle allait bien à la messe, peut-être qu'il faudrait appeler le padre Miquel ? Cette fois, c'est Toya qui s'avance. Elle refuse. Cet homme ne s'approchera pas de sa mère. Il est de mèche avec Carlos, avec les autres, il mérite le même sort.

Pilar est alors mise en bière.

*

Ils creusent dans le cimetière sans demander la permission. À la lumière des torches. Et quand Juan prend la parole avant qu'on ne fasse glisser la boîte au fond du trou, ils lèvent leurs casquettes. Il n'est pas long, Juan. Mais il est sincère.

Ma femme, la meilleure que la terre ait jamais portée, durant dix-sept ans tu as été ma joie, ma consolation. Tu as fait des miracles. La pequeña salvaje pour commencer. D'une vie de misère tu tirais de la douceur, d'un quignon de pain, un gâteau. Je ne sais pas si je t'ai méritée, mais on m'a toujours appris à remercier, alors merci et adieu, Madame Vásquez Montalbán. Vous allez me manquer.

Toya ne quitte pas le cercueil des yeux. Pedro lui demande si elle veut dire quelque chose. Elle fait non de la tête, s'accroupit. Tout à l'heure, dans la baraque, elle a préparé un petit quelque chose. D'un chiffon, elle sort une assiette de *zarzuela,* qu'elle dépose sur le couvercle de frêne. La gosse paraît embarrassée, regarde l'assemblée, *Pour qu'elle n'ait pas faim.* De mémoire de paysan, jamais tendresse n'a fait si mal au ventre. Juan lance la première poignée de terre, Toya la deuxième. De leurs mains à tous, ils recouvrent le cercueil de ce limon nourricier dont Pilar savait si bien tirer les saveurs. Puis ils s'en retournent chacun chez soi, sans mot dire.

L'affaire est entendue. Le lendemain, ils reprendront le travail. Les Ibáñez, ils vont les rouler jusqu'à l'os.

*

Et en effet, le lendemain, Pepe n'en revient pas. Il arrive au Château, le vélo crevé sur l'épaule. Il a passé la nuit dans une grange, a repris la route au lever du soleil. Il annonce à la Marquise qu'il ne comprend pas : dans les rizières, tout le monde est à pied d'œuvre. Les hommes l'ont même chamaillé comme ils ont l'habitude de le faire. Serena Ibáñez est interloquée. Elle réprime un fou rire, finit par exploser. Incroyable, absolument désopilant ! Tout ce barouf pour accoucher d'une souris ! Immédiatement, elle songe au télégramme envoyé à son mari. À l'heure qu'il est, don Ignacio doit lever une troupe. Elle a intérêt à se montrer convaincante si elle veut échapper à ses foudres. Quand elle remarque que Pepe est encore là, à tripatouiller sa casquette, elle s'emporte, *Quoi, encore ?* Pepe bafouille. Il voudrait savoir si cette histoire de clôture tient toujours. Évidemment. N'a-t-il pas entendu ? Ces gens sont des bêtes. Ils agissent par instinct. Hier ils voulaient piquer, aujourd'hui ils ont oublié. Mais dans leurs gueules, ce sont toujours les mêmes dents pointues. Pepe digère le coup de bec. Il se fait l'effet d'un chien avec ses *Oui Madame, Bien Madame.* Son père cultivait le riz. Sa mère le cuisinait. C'est son sang qu'on insulte. Et lui, il ne sait rien faire d'autre que de plier. Une drôle de bile lui remonte de l'estomac.

*

Toya ne se souvient pas exactement de la période qui a suivi l'enterrement. Elle est allée à l'école chaque matin, chaque après-midi. S'est appliquée, a suivi les lignes, tourné les pages, copié ce qu'il fallait. Pourtant, elle serait incapable d'en rapporter le moindre mot. La peine a siphonné ses journées.

Ce soir-là, en revanche, elle ne l'oubliera pas. Elle avait traîné après la classe. Horacio rangeait les cahiers, elle l'avait aidé. Tous deux étaient silencieux. Cela faisait un moment que Toya avait l'impression que l'instituteur était gêné en sa présence. Il ne la regardait plus aussi droit dans les yeux, l'esquivait. Elle se demandait si elle s'était mal conduite. Dans son ventre, ça élargissait le vide laissé par sa mère. Et puis Horacio lui avait posé cette question : est-ce qu'il y aurait quelque chose qu'il pourrait faire pour elle ? Toya avait arrêté de ranger les cahiers. Elle savait exactement ce qu'elle voulait. Qu'il lui joue son morceau. Celui de la première fois. Quand elle l'avait aidé à déménager le piano. Horacio avait souri.

La première note. Seule. Comme Pilar dans le cercueil. Puis la deuxième, collée, c'était Juan qui continuait de l'aimer. Les suivantes, tous ceux qui avaient rejoint la baraque, qui avaient partagé le pain et la peine — Pedro, Francisco, Dolores, José, Horacio et les autres. Parmi tous ces accords, Toya avait cherché un son qui la représentait, n'en avait trouvé aucun, perdue dans ce monde où la note principale avait disparu. Les mains d'Horacio racontaient cela. Elles jouaient le même morceau, mais dévoilaient une tout autre histoire. Pourtant, l'émotion demeurait puissante. La musique prolongeait le cœur de Toya, parlait mieux que l'adolescente n'aurait su le faire. Les yeux fermés, elle avait laissé les accords lui révéler ce qu'elle ressentait. Derrière la mélancolie, au fond du chagrin, elle avait vu briller une bougie, toute petite, fragile, qui détourait davantage les ombres qu'elle ne les éclairait. Toya avait murmuré, *Mamá*... Les pleurs étaient restés au bord de ses paupières. La jeune fille faisait corps avec la musique, avec le piano et, dans ce peau à peau, elle faisait corps avec Horacio.

Lui, il avait joué pour elle. Animé par des forces contraires, avec des élans, des rétractations. Il avait lancé des accords qui avaient résonné longtemps, contenu des notes qu'on aurait cru des flèches. Jamais il n'avait joué ainsi, avec cette intensité dans le transport, cette densité dans la retenue. Cette fille, elle le débordait, c'était une tempête, une sale petite tempête, qui décoiffait et déployait. Et lorsqu'elle en avait fini, elle laissait un vide immense, des plages désertes qu'un simple rire suffisait à peupler. Tout le temps qu'avait duré le morceau, Horacio avait su qu'il l'aimait.

*

Le Marquis déboule avec sa colonne de camions. Le poids des soldats, accrochés en grappes aux bâches, avachit le caoutchouc des pneus qui écrasent le delta, écrabouillent le thym sur les bas-côtés. Les touffes libèrent des arômes de cuisine, qui se mêlent aux vapeurs de gazole. Les paysans n'en croient pas leurs yeux. Toute cette débauche d'acier, elle est donc pour eux. Loin de trembler, ils sourient, cajolent la chaleur qui se répand dans leur paume, là où ça frotte contre le manche des outils. La Marquise et son fils ont dû chier dans leur froc pour faire appel à la soldatesque. Leur force de travail, voilà leur pouvoir. Ils en prennent conscience ce jour, le sentent vibrer à l'endroit des callosités. L'adversaire qu'on leur expédie est l'étalon de sa valeur. Ils contemplent la file de camions avec fierté, une pointe de malice aussi. Ils lanceront, *Monsieur, on est aux champs, pas besoin de s'énerver.* Qu'est-ce qu'il pourra leur reprocher ? Le jour chômé ? La Marquise leur a déjà retiré la solde. La belle affaire, que valent trois sous face à ce qui s'augure. Francisco a raison. La peur doit changer de camp. Les élections approchent, la victoire embaume aussi fort que le thym. Même les anarchistes acceptent de voter — en échange de la libération de leurs camarades embastillés. De tous les côtés, le clan de la sueur se rassemble. En face, qu'est-ce qu'on voit ? Des camions qui passent, qui accablent la terre, et quand ils ont fini de parader, il ne reste d'eux qu'une vague odeur de brûlé, celle des pneus contre le caillou.

Don Ignacio fait garer les fourgons le long du chemin. Les soldats restent en poste sous les bâches. Ils jettent des coups d'œil épatés en direction de la bâtisse — le général a bien de la chance d'habiter une turne pareille. Lui, il saute hors du véhicule de tête, se dégourdit les jambes tout en humant l'air. Quatre ans qu'il est resté loin de chez lui. Quatre ans sans pouvoir jouir de ce havre — le jardin, les colonnades enroulées de bougainvilliers, les casseroles de Pilar… Dieu que tout cela lui a manqué. À Majorque, il a dormi sur des puciers, mangé comme un rustre. Le Marquis aperçoit Pepe, masse en main ; le jardinier plante des piquets au milieu des oliviers, déroule un grillage. La pente douce prend des allures de fort. Le général est circonspect. Après le télégramme de Madame, il s'attendait à un soulèvement colossal. Barricades en travers de la route, caserne en feu. Finalement, il retrouve le delta comme il l'a laissé, et ce gentil tableau ne lui inspire rien d'autre que la bonace du retour au bercail. Sa femme va lui expliquer, c'est certain, d'ailleurs la voilà qui s'avance dans l'allée de buis. Don Ignacio est pris d'un désir soudain. Il voudrait plonger son nez dans le décolleté, palper, renifler les seins. Mais impossible devant ses recrues. Alors il se répète, *¡ Cálmate !*, pose un pied devant l'autre, *¡ Cálmate !*, en homme pondéré. Le désir lui souffle des images salées, pour quand ils seront à l'abri des regards — une main qui relève virilement la jupe, glisse dans l'abricot. Pendant ces années, les maisons de tolérance ont bien fait leur office, mais le con d'une épouse, c'est autre chose.

Serena Ibáñez prend son mari par les épaules. Elle le regarde en étirant sa bouche, on ne sait si elle sourit ou grimace. Aux tempes du Marquis, parmi les poils de la barbe, elle aperçoit tant de blanc ! Dire que quatre ans plus tôt, la chevelure de don Ignacio avait des reflets de jais. Elle le trouve bien usé, son époux, il était temps qu'il revienne ! Le couple se retire au salon. La Marquise sonne la clochette, commande du thé. Quand arrive la Paloma, le Marquis s'étonne, *Et Pilar ?* Sa femme lui jette un regard éploré.

Pauvre chéri, il est resté si loin, si longtemps ! Et elle lui raconte tout.

Le général se gratte la barbe. Il comprend mieux. Madame a eu raison de l'appeler, la situation aurait pu déraper. Les paysans semblent avoir fait volte-face, mais la prudence lui paraît de mise. La garnison patrouillera quelque temps, on surveillera les champs, guettera d'éventuelles réunions clandestines. D'autant que les élections générales approchent. Don Ignacio envoie quérir le commandant, lui ordonne de rejoindre la caserne. Les hommes camperont autour des baraquements, y prendront leurs repas. *Chef, oui chef.* Les camions font demi-tour, et Pepe continue de planter ses piquets.

Les soldats restent une semaine, deux. Aucun signe de rébellion. Le 16 février, le scrutin se déroule sans heurt. Pas un pet de bagarre. Au dépouillement, il y a bien des cris de triomphe à l'annonce de la victoire du *Frente popular.* Le petit avocat, renflé comme une barrique, va jusqu'à lever le poing. L'instituteur a les joues qui rosissent de plaisir. Les paysans, quant à eux, accueillent la nouvelle avec une forme de pudeur. Dans les jours qui suivent, les Ibáñez épient le moindre de leurs mouvements. Ils s'attendent à des réclamations, qu'on leur quémande des augmentations, une diminution de la durée de travail. Madame s'est montrée très ferme : si on cherche à l'intimider, elle laissera les récoltes pourrir sur place. Don Ignacio admire cette détermination. Mais les paysans ne demandent rien. Ils vont aux champs, courbent l'échine, braves bêtes. Le Marquis se félicite : sa femme a l'autorité dans le sang.

Ailleurs, les propriétaires ne connaissent pas cette chance. Ils font face à des occupations de domaines, des appropriations. Le printemps n'apporte que des mauvaises nouvelles. En mars, c'est un petit village du côté de Tolède qui se soulève. Deux mille affamés s'emparent des terres d'un comte. Rapidement, ce sont des dizaines de hameaux dans la province de Salamanque. Puis toute l'Estrémadure qui passe aux mains des syndicats. L'Espagne entière s'agite : les pauvres volent les bêtes des propriétaires, du bois pour se chauffer, imposent l'embauche d'ouvriers supplémentaires. Bourgeonnent à leurs lèvres les insultes de *bourgeois*, de *fascistes*. Sous la terre orange des sierras couve un volcan. Pourtant, à l'embouchure de l'Èbre, le delta continue de s'alanguir en bord de mer. Pas un remous, sinon celui des anguilles. Le riz verdit, les oliviers se déploient, et les paysans triment sans faire de bruit. Force est de le constater : la garnison dépêchée par don Ignacio n'a plus raison de s'attarder. Les besoins en renfort dans le Sud se font pressants. À regret, le général quitte sa mie et son oasis de tranquillité.

Au Château, Serena Ibáñez est à nouveau

seule à la tête du domaine. Elle épluche les journaux, suit la situation de près ; les réactions du gouvernement face aux soulèvements la mettent dans tous ses états. La dernière en date vaut son pesant d'or : au lieu d'envoyer l'armée en Estrémadure, les républicains ont délégué des ingénieurs et des fonctionnaires pour donner un semblant de légalité aux appropriations. Elle sonne la petite que Carlota lui a recommandée. Une gamine sans saveur, qui laisse trop de bouillon au fond de la paella. Madame veut un remontant. La jeune fille lui sert un verre de xérès. La Marquise boit cul sec, observe le tendron. Elle ferait quoi, elle, si elle se sentait attaquée ? La pauvrette est bien embarrassée. Que répondre ? Le jour où Carlos lui a peloté les fesses, elle l'aurait bien repris de volée. Voilà. Elle attaquerait. La Marquise s'interroge. Attaquer, mais comment… Le soir, elle écrit une longue lettre à son mari. Selon elle, les choses vont tourner vinaigre, il est temps de se préparer. Don Ignacio pourrait profiter de son déplacement pour reprendre contact avec ses amis carlistes, ceux qui entouraient le général Sanjurjo. La famille doit assurer ses arrières, soigner ses amitiés. C'est ainsi que, de lettres en lettres, les Ibáñez se rapprochent de la Phalange.

*

En face aussi on fourbit les armes, secrètement. Sous la tonnelle, Juan aiguise sa peine comme un couteau. Il concentre ses forces autour de cet unique dessein : venger sa femme. Parfois il laisse échapper une réflexion, partage une information avec sa fille. C'est qu'elle a grandi, et fait preuve d'un sacré courage. Il y a bien des yeux rougis, certains soirs, des sanglots étouffés. Mais elle est allée à l'école, a appris à lire, à écrire. Elle fait à manger également. Ça reste sommaire, mais un tour de main est passé. Pilar ne dirait pas le contraire, *Pequeña salvaje.*

José leur rend visite de temps en temps, transmet les nouvelles en se frottant les mains. L'Espagne est une poudrière. On ne compte plus les villages insurgés. L'avocat gigote, ne tarit pas d'éloges sur les conseils administratifs qui s'improvisent, les délégués désignés parmi le peuple, révocables à tout moment. Il collectionne les articles des journaux de la *Confederación Nacional del Trabajo* et n'attend qu'une chose : que les paysans du delta se décident. Il n'en peut plus de voir la Marquise jouer les hobereaux. *Patience,* répond Juan, *tout ce qui doit durer est long à croître.* Il faut rester réaliste, jauger les rapports de force. José souffle, ça le démange, il veut passer à l'action. Maintenant qu'ils ont les coudées franches, c'est peut-être le moment de songer aux armes ? Juan lâche un *Ah* qui résume toutes ses réticences. Il dévisage l'avocat ; le bougre n'a rien d'un athlète, même un vieillard pourrait le canarder. José fait la moue. Pas grave. Ce serait un honneur de donner sa vie pour la cause. La cause ? Juan relève la tête. Quelle cause ? Encore faut-il que tout le monde parle de la même. Il ne veut pas doucher l'enthousiasme de son ami, mais il a de sérieux doutes. Pour l'instant, l'ennemi est connu, facile à identifier. C'est la droite et ces mollassons de gauche qui bloquent la révolution sociale. Mais après ? Si on gagne, l'avocat est-il sûr qu'on ne recommencera pas à se chicaner pour définir de quoi on parle et ce qu'on veut ? José éclate de rire. Ce qu'il peut être pessimiste, le camarade Vásquez Montalbán ! Quand ils auront gagné, d'abord, ce sera une grande fête. On boira du vin, et du bon, dans de jolis verres. Puis on s'assiéra autour de grands banquets. Parce que c'est ça, l'Espagne, des gars qui partagent le plat. Le futur des anarchistes, il le promet radieux. Juan se dégage, marmonne entre ses dents. Il est d'avis que les hommes ne sont pas foutus de rester tranquilles autour d'une table. Il y en aura toujours un qui voudra la place d'honneur. Enfin, il demande à voir. José avale le fond de son vermouth. *Chiche !* D'abord ils récupéreront des armes, puis ils mettront le capitalisme à terre.

Après, on vivra heureux comme des papes.

*

Décidément, Toya est presque une jeune femme maintenant, et déterminée avec ça. Juan l'élève avec une forme de licence. Cela évite de nombreux conflits. L'adolescente se montre si rétive à toute autorité ! Ce n'est pas qu'elle soit rebelle, mais elle n'en fait qu'à sa tête. Juan pense aux chats qui traînent autour des baraques. On a beau leur donner trois arêtes, les caresser, ils vont bien là où ils veulent. Voilà pourquoi il garde un œil sur sa fille. Parce qu'il y a les beaux discours — pour ça, José est le meilleur — et il y a les faits : les chats des alentours n'ont que la peau sur les os.

Un soir, il embrasse Toya sur le front, *À demain, pequeña.* Dans sa façon de laisser traîner le mot, elle comprend ce qui se prépare, le supplie de l'emmener. *Et où ?* Toya secoue la tête, *Papá...* Elle n'est plus une gamine. Juan affiche une expression lasse, *Pas encore, jeune fille.* Elle aura sa part de vengeance, mais il est trop tôt. Il en mourrait s'il lui arrivait quelque chose. Et il balance sa veste sur son épaule, disparaît dans l'obscurité.

Toya reste un moment debout, les grenouilles coassent à qui mieux mieux, l'encouragent de leur clameur, *Vas-y, vas-y.* Sans plus réfléchir, elle met les voiles. La lune est nouvelle, le delta plongé dans le noir. La jeune femme connaît le chemin par cœur, elle avance vite, ne fait aucun bruit. La silhouette de son père apparaît à quelques encablures. Toya le suit à distance raisonnable, se dissimule quand il s'arrête. Elle écoute les deux coups rapprochés contre la porte, puis le suivant, plus espacé. C'est le signal. Pedro et Francisco sortent, on ne prend pas le temps de se serrer la main, les gestes sont nerveux. Les hommes s'arrêtent ici, là, finissent par l'école où José et Horacio les rejoignent. Ils se répètent une dernière fois les consignes. Et c'est le départ.

Toya sait exactement où ils vont. À la sortie du village, à dix kilomètres. Là, il y a un hangar adossé à la caserne. Elle a entendu son père en parler. Ils veulent piller le dépôt d'armes. Ils n'auront pas d'autre chance : la semaine précédente, l'un des leurs, apprenti au service du menuisier, a été envoyé là-bas pour réparer la charpente. Alors, ils ont imaginé une combine. Le dernier jour, pendant que les ouvriers becquetaient, Manolo a prétexté un oubli. Son casse-croûte resté à l'intérieur. En deux temps trois mouvements il est retourné dans le hangar, a grimpé sur des caisses pour déverrouiller une fenêtre. Puis il a rejoint les autres comme si de rien n'était. Il l'a juré : jamais un bout de pain n'a eu si bon goût.

Toya ignore tout du déroulé de l'opération. Elle sait seulement que les paysans veulent récupérer des fusils et des munitions. Un temps, il a été question de trouver une automobile pour faciliter le transport ; comme personne n'en avait, l'idée a été abandonnée. De toute manière, le bruit du moteur aurait attiré l'attention. Alors ils marchent dans la nuit, besaces à l'épaule, fébriles. Toya ne quitte pas Horacio des yeux, qui progresse légèrement voûté. Est-ce l'anxiété, sa maigre constitution ? À le voir si peu solide, elle se dit qu'on pourrait le casser en deux sur une cuisse, comme on brise un bout de bois.

La troupe contourne le village, longe les canaux pour ensuite bifurquer sur la route d'Amposta. La caserne se trouve après, côté nord, au milieu des caillasses. Jusque-là, personne n'a remarqué la jeune fille. Elle utilise les mêmes techniques que pour la chasse. Contrôle de la respiration, dissimulation, patience, jusqu'au moment propice — qu'on sent dans les talons, la poitrine. Au loin, on aperçoit le bâtiment. Les hommes s'éparpillent, se postent aux quatre coins. Juan, Francisco et Pedro courent vers la façade arrière. Ce sont eux qui mèneront l'opération. Ils se font la courte échelle. Pedro pousse la fenêtre, s'introduit. Juan le suit. Les minutes s'étirent. Le pêcheur finit par réapparaître, il lance un premier fusil, un deuxième. Le butin grossit. Soudain, des cris. C'est José qui beugle. Il recule en rampant comme un beau diable. Qu'est-ce qu'il fout, ce con ? Toya bondit, godille entre les buissons, et comprend à mesure qu'elle approche que José est tombé sur une vipère, elle reconnaît la bête à ses pupilles. La jeune femme attrape un bâton, bloque le serpent par l'arrière.

Tête saisie, mâchoire qui s'ouvre. José assiste à la prise, hypnotisé. Toya s'éloigne avec la vipère qui se contorsionne, la relâche dans les rochers.

Allongé à même le sol, l'avocat halète. Elle veut savoir, est-ce qu'il a été mordu ? Est-ce que ça va ? Heureusement José n'a rien, juste eu la trouille de sa vie. En se relevant, il empoigne l'adolescente et l'écrase contre sa panse. C'est un miracle qu'elle ait été là, elle lui a sauvé la vie ! Au fait — il se détache —, qu'est-ce qu'elle foutait ici ? Toya plaque sa main contre la bouche du bonhomme. Du côté du bâtiment, Juan et Pedro s'extirpent du fenestron ; les autres se répartissent les armes. Tous filent entre les herbes. Soudain le père aperçoit sa fille. Il attend d'être loin de la caserne pour la saisir par le col. La colère fait trembler ses lèvres. José s'interpose avant qu'il ne la cogne. Sans la petite, il serait mort, et encore, ça aurait été le meilleur des scénarios. Ils auraient tous pu être repérés. Plutôt qu'un gnon, Toya mérite une médaille. Juan ne la lâche pas pour autant, il respire fort, vite, son visage tout près du sien. Puis il la serre contre lui, à la broyer. Ils ont réussi, putain, ils ont réussi !

Le reste de la nuit, ils le consacrent à entreposer les armes dans les trous creusés les jours précédents. Le coup a été monté dans les moindres détails. Quand la Guardia Civil découvrira le forfait, les pétards seront trois pieds sous terre, soigneusement enveloppés dans des bâches et des tissus. Pas de dessin, aucun plan : la mémoire, juste la mémoire, et le limon du delta.

Toya aime faire passer les fusils, elle aime le contact du métal, l'idée de participer à quelque chose de plus grand qu'elle. Elle y met toute sa hargne, toute sa naïveté. Le succès éclaire le visage des gars. Seul Francisco bougonne : c'est le moment de marcher sur le Château, d'aller exploser la citrouille de la Marquise. Juan le fait taire. On ne va pas discuter ce qui a été décidé. L'autre crache au sol, il n'a jamais été d'accord. Pedro pose une main sur son épaule. Allez, c'est une question de semaines. Mais Francisco n'en peut plus, il étouffe dans la cabane, les caprices du petit du bébé lui tapent sur le système. Il veut retrouver les champs, le travail de la terre. À la pêche, il dégobille tout ce qu'il peut par-dessus bord. Alors il préfère prévenir tout le monde : si on ne se décide pas, il agira seul. Et gare à ceux qui se mettraient en travers de sa route. Il a dit ça en serrant les dents, peine à lâcher le fusil que Pedro finit par lui ôter des mains. Les deux amis se toisent. Au fond des yeux de Francisco brasillent d'incontrôlables fureurs.

*

Le casse fait les choux gras des journaux locaux. La Guardia Civil multiplie les perquisitions mais ne trouve rien, nulle part. Elle surveille les paysans identifiés comme des meneurs. Du lait sur le feu. Les gardes toquent à la porte des baraques. Ils interrogent Juan, Francisco, Pedro, et quelques autres. Les camarades demeurent laconiques, ne voient pas de quoi on leur cause. Ils vont aux champs, fauchent. Si la maréchaussée croit qu'ils ont le temps de jouer au gendarme et au voleur.

La Marquise écrit aussitôt à son époux. Elle le sent, une poudre noire plane sur le delta, les séditieux attendent leur heure. Le pauvre Marquis ne sait que faire. De partout l'Espagne explose, il ne peut pas revenir au Château, occupé qu'il est à monter un putsch contre ce gouvernement de lopettes. Malgré l'échec de 1932, il est resté fidèle à Sanjurjo. Depuis son exil au Portugal, celui-ci a placé un homme à Madrid, un chef de brigade surnommé le *Director*. Une junte se forme, don Ignacio y emploie toute son énergie. Il rameute les mécontents. Des monarchistes, de fervents catholiques, des financiers, des républicains déçus... Jour après jour, les rangs grossissent. Le président Azaña est tellement obnubilé par sa peur des anarchistes qu'il ne voit pas les militaires s'organiser. Le Marquis veut rassurer sa bien-aimée. La terreur gauchiste ne sera bientôt plus qu'un mauvais souvenir. L'ordre et la foi vont régner de nouveau.

La missive que reçoit la Marquise ne la tranquillise pas le moins du monde. Elle se souvient de

1932. Son mari était parti la fleur au fusil, et puis son putsch avait fait plouf. Don Ignacio s'était ensuite retrouvé à bouffer du boudin à l'eau dans un taudis au milieu de nulle part. Cette fois, la Marquise ne l'attendra pas si longtemps. Son époux a beau se vouloir confiant, ce vol à la caserne, puis ce calme, ce ne peut être une simple coïncidence. Chaque matin, elle fait le tour de la clôture, vérifie qu'il n'y a pas de trou. Le parfum des fruitiers, le pollen qui s'envole, elle ne les goûte pas le moins du monde. La peur colonise son mois de juin. Chaque soir, elle demande à Carlos de faire le guet. Le lendemain, elle le retrouve endormi, accroché au fusil. Jusqu'à ce qu'elle n'y tienne plus. Elle prend la voiture, s'absente deux journées. Quand elle revient, la Marquise glisse sous son oreiller un petit étui en acajou marqueté d'ivoire. À l'intérieur, un revolver chargé.

*

Parfois, après la classe, Toya va sur la tombe de sa mère. Elle s'assoit à côté du monticule, reste le plus souvent sans rien dire. De temps à autre, l'adolescente raconte ses progrès en classe, les bêtes qu'elle a attrapées, la clôture de la Marquise. Puis elle embrasse la terre, *Je te le promets, tu seras vengée.* Le soir, quand Juan rejoint les camarades, elle en profite pour quitter la baraque et gagner la colline. Là, elle creuse un passage sous le grillage. Comme les renards. Son ouvrage, elle le camoufle avec des pierres, des feuilles. Doña Serena n'y voit que du feu.

Aujourd'hui, au retour de l'école, elle croise Maria. La vieille essaie de décrocher l'hameçon d'une anguille pêchée au vif. Le poisson résiste, s'entortille autour de son bras. Toya vient à sa rescousse, saisit le corps visqueux, appuie sur les ouïes. Maria en extrait le crochet, enferme l'anguille dans sa besace. Nom d'un chien, sans la petiote, la bestiole lui aurait échappé. L'adolescente prend un air détaché. Elle n'a pas fait grand-chose, et va pour repartir. Maria l'arrête. Geste sec, impérieux. Elle veut savoir : est-ce que Toya connaît le chemin des anguilles ? L'adolescente essaie de se dégager, ne comprend pas de quoi l'aïeule lui cause. Maria tient bon, *Les anguilles ne sont pas des poissons comme les autres. Rien à voir avec le vairon ou la truite. Elles ont leurs bizarreries, ça vient de leur aspect de serpent.*

La vieille siffle entre ses dents.

On raconte qu'elles naissent loin, très loin, par-delà la mer et l'océan, dans un coin d'eau couvert de varech. Là-bas, pas un pet de vent, pas de côte. Juste une vaste étendue tiède. Les larves voient le jour dans ce drôle d'endroit qu'on appelle les Sargasses. Et puis, sans que personne ne puisse l'expliquer, elles se laissent porter par le courant, traversent l'Atlantique, dépassent Gibraltar, et reviennent dans l'embouchure où leurs parents vivaient. Lorsqu'elles arrivent, ce sont déjà de petites civelles. Quant à savoir pourquoi elles reviennent…

Maria hausse les épaules.

Elles reviennent, voilà tout.

L'ancêtre visse ses yeux dans ceux de Toya.

Maintenant, écoute-moi bien. Quand les anguilles sont en âge de procréer, elles retournent dans les Sargasses.

Maria insiste.

Les anguilles cherchent toujours à retourner là où elles sont nées.

Puis l'aïeule chasse l'adolescente avec de grands gestes fous.

Toya détale, fourre son nez à l'intérieur de sa paume. Elle empeste le poisson. Et cette phrase, *Les anguilles cherchent toujours à retourner là où elles sont nées,* s'entortille dans sa tête.

DEUXIÈME PARTIE

Quand la Guardia Civil fait irruption dans le local, Luz et Paco s'enfuient par la porte arrière, courent à travers les rues de Barcelone, agrippés l'un à l'autre, et finissent par atteindre la Rambla, où ils se fondent dans la masse. Là, ils jouent des coudes, se faufilent, mais la foule s'amasse, leurs doigts se dénouent et ils se perdent de vue. Luz ignore où Paco a atterri. Elle refuse de s'inquiéter, son ami a l'habitude, et la police a d'autres chats à fouetter. Dans une heure, il refera surface. Un jour pourtant, tout ne s'est pas aussi bien terminé. Ferrán, l'un des leurs, n'avait pas détalé assez vite. Quand les autres s'étaient retournés, il était aux mains des gardes. Cette image — lui levant le poing, encadré par les officiers —, elle leur colle toujours à la peau. Ils n'avaient plus eu de nouvelles. Jusqu'à cet entrefilet dans le journal : Ferrán était mort à *La Model*, la prison « modèle ». Ce qui s'était passé, on n'avait jamais réussi à le savoir. La haine contre Franco s'était accrue, la prudence aussi. On se retournait dans la rue, changeait de lieu à chaque réunion. La police arrivait pourtant encore à perturber les assemblées. Comme aujourd'hui.

Luz court jusqu'au Passeig de Gràcia. La Guardia Civil ne viendra jamais la chercher ici. Feu son père était un fervent phalangiste, la photo du Caudillo est restée bien en vue dans le salon. En découvrant sa fille échevelée dans le vestibule, Marta Ortega pousse un cri. Elle ne l'a pas entendue entrer, comprend que Luz a encore fait des siennes. Ces idées, c'est Paco qui les lui a mises dans la tête. Marta se désole, quel fiasco ! L'école catholique, les devoirs, le catéchisme, tout ça pour en arriver là. Salvator avait raison. Ils auraient dû envoyer la petite en pension quand il en était encore temps, tout aurait été différent. La mère réprime un soupir, plonge un cachet d'aspirine dans un verre. Désormais il est trop tard. Marta veut juste éviter les disputes. Depuis la mort de son mari, elle n'a plus que sa fille.

Luz a beau essayer, Passeig de Gràcia, elle étouffe. L'appartement, la collection de petits animaux en cristal, l'odeur d'encaustique, les Vierges en plâtre, les rideaux fermés, tout mange la lumière. Or, de la lumière, elle en veut. Le jour où elle a rencontré Paco, elle a su que quelque chose arrivait : une bouffée d'air, de l'horizon. L'étudiant s'était assis à côté d'elle sur les bancs de l'université. Son allure désinvolte, le bleu pâle de ses jeans ouvraient des ailleurs. Il lui avait proposé une cigarette et elle avait accepté. Quand elle avait rejeté la fumée à sa pleine face, il était tombé amoureux de cette arrogance. Puis ils avaient discuté. Paco avait des idées radicales. Ses mots levaient des ennemis : Franco, les bourgeois, la famille catholique. Un but unique : tout renverser. À partir de ce jour, Luz avait foncé, tête baissée. Elle avait dévoré les ouvrages interdits, rencontré les amis de Paco, découvert qu'il existait une autre Espagne. Qui avait soif. De vin, de joie, de liberté. Dans le groupe, on y croyait dur au retour de la révolution, l'espoir jutait comme une pastèque en été. Et Luz respirait. Puis Ferrán était mort. Tout avait été remis en question. La jeune femme avait été la première à ranimer les braises du courage.

Au sortir de l'université, elle s'était essayée à un tas de petits boulots. Serveuse, pigiste, modèle dans une école d'art. Elle gagnait trois sous pour payer la mansarde qu'ils louaient avec Paco, consacrait le reste de son temps aux réunions. Lui, il terminait ses études. L'année précédente, il en avait profité pour glisser le nom de Luz au département de zoologie où il bouclait sa thèse. Depuis, elle tapait les rapports, griffonnait des croquis.

Ce matin, le directeur du labo les a réunis. C'est un drôle de type, un vieux professeur un peu rustaud, obsédé par l'impact des hommes sur les écosystèmes. Selon lui, le marxisme a fait son temps : le grand chantier du millénaire à venir sera l'écologie. Il leur a annoncé qu'il voulait concentrer son travail sur la préservation des zones humides — de partout en Europe, les choses bougent, on envisage de créer des parcs naturels. Le bonhomme a déroulé une carte, s'est éclairci la voix : on diligentera trois équipes sur le terrain ; pour commencer, chacune effectuera un recensement des espèces. Il a repéré trois secteurs d'intérêt : la lagune del Prado, le delta de l'Èbre et le marais de Santoña. Quant à savoir qui se chargerait de quoi… Les jeunes étaient assez grands pour se débrouiller. Remue-ménage dans la pièce. Un thésard avait de la famille par ici, un autre une *chica* en vue par là… Paco s'est retrouvé commis d'office au delta de l'Èbre. Il a fait un clin d'œil à Luz, *En route pour l'aventure, señorita Ortega !* Elle a alors essayé d'imaginer à quoi ressemblait l'endroit. Sûrement plat. Et bourré de moustiques. Le directeur a claqué des doigts devant ses yeux. Elle devait appeler le numéro qu'il lui tendait sur un bout de papier. Les propriétaires avaient l'habitude d'héberger des scientifiques. Elle voyait le Ritz ? Luz a relevé la tête. Eh bien, ça n'avait rien à voir. La jeune femme a soupiré. Très drôle.

En fin d'après-midi, avec Paco, ils ont rejoint l'arrière-salle d'un bar. Les camarades avaient déjà débuté. Edna ne tenait pas en place, elle s'était lancée dans un vibrant plaidoyer en faveur des grèves qui paralysaient la France, pensait qu'il fallait profiter de l'élan, appeler de tous ses vœux des manifestations où convergeraient étudiants et ouvriers espagnols. Ce serait beau comme en 36 ! Paco lui a fait remarquer que Franco n'était pas de Gaulle. Nando a renchéri ; la pasionaria serait bien gentille de se souvenir comment Ferrán avait disparu. Luz s'apprêtait à défendre son amie quand du bruit s'est fait entendre dans l'entrée. Javier a hurlé, *¡ Policía !* Tous ont décampé par la porte dérobée. La patrouille a débarqué dans une pièce déserte ; les cendriers fumaient encore.

Paco a attrapé la main de Luz, a évité les flâneurs, frôlé les kiosques, les marchands de fleurs, ceux d'oiseaux. Elle a couru comme une dératée, riant presque de sentir son cœur cogner si fort. Le rouge rythmique balayait le gris de son enfance, il balayait le gris de l'appartement, celui des messes, c'était si bon, adieu les odeurs de renfermé ! Mais du monde déambulait sur la Rambla, ils ont eu beau s'accrocher, les jeunes gens ont été obligés de se lâcher.

À bout de souffle, Luz échoue Passeig de Gràcia. Sans grande surprise, Marta la sermonne, lui propose de rester dîner. Elle a fait un gratin, oh, pas grand-chose, mais elles se voient si peu. Dans la salle à manger, Luz ouvre grands les rideaux. Sa mère va finir comme une endive à force de vivre dans l'obscurité. De fait, Marta n'a jamais été bien vigoureuse, elle souffre toujours de quelque chose. Du dos, des articulations. En ce moment, ce sont les maux de tête, elle se bourre d'aspirine. À l'heure du bénédicité, la bigote ferme les yeux, Luz lève les siens au ciel. Toutes les deux évitent scrupuleusement les sujets qui fâchent. S'en tiennent au temps qui passe, à la température qui commence à grimper. Marta ponctue ses propos d'expressions toutes faites, *Que veux-tu, Il faut ce qu'il faut...* Luz masque mal son agacement. Avant de partir elle profite du téléphone, compose le numéro confié par le directeur. Une femme répond, confirme que la cahute est libre. Parfait : Paco et elle arriveront le surlendemain. La bonne femme explique comment venir. Il suffit de prendre le car pour Valence, de descendre à Amposta, son mari les récupérera à la gare. À quatorze heures, entendu. À peine a-t-elle raccroché que Luz enfile sa veste. Marta a un imperceptible mouvement pour la retenir.

Luz trouve Paco assis devant la porte. Dans la course, il a perdu ses clefs. Ce n'est pas le pire ; en essayant de la rattraper il est tombé. Il soulève le bas de son pantalon, exhibe sa cheville tout enflée. Luz grimace et lui tend la main. Il se relève péniblement, *Quel con, mais quel con !* Leur petite échappée dans l'Èbre tombe à l'eau. Une fois à l'intérieur, elle fronce les sourcils. Peut-être pourraient-ils différer d'une semaine ou deux ? Paco s'affale dans le canapé et sourit. Depuis le temps, elle ne connaît pas le professeur ? Le bonhomme a une horloge suisse dans la tête : un délai est un délai. Il a saqué des doctorants pour moins que ça. Pas le choix, elle doit commencer sans lui. La jeune femme se blottit dans ses bras. Avec une petite moue irrésistible elle lui demande, *Tu pourras me rejoindre plus tard ?*

*

Luz jette son sac à dos dans la soute du bus pour Amposta. Paco a pris soin de lui noter ses recommandations — liste des espèces d'intérêt, taux à mesurer, matériel disponible. Elle les feuillette un moment, puis somnole le reste du trajet.

En sortant du car, la luminosité lui fait cligner des yeux. Les murs de la ville trempent dans l'eau, un pont enjambe l'Èbre. Respiration profonde. C'est un parfum suspendu, saumâtre, mêlant l'odeur des bougainvilliers à celle des huiles de vidange. Un homme l'interrompt, *C'est vous ?* Il porte une casquette, regarde alentour comme s'il cherchait quelqu'un, *Vous êtes seule ?* Luz n'a aucune envie d'entrer dans les détails. Un empêchement, son ami viendra plus tard. Le type propose de prendre son sac. *Ça ira.* Et elle charge le paquetage sur son dos.

Le paysan démarre. Elle comprend qu'il va parler tout du long. De son travail, des reins qui tirent, des flamants roses qui bouffent les semis, sans compter les jeunes qui n'ont plus goût à rien. Elle pose sa tête contre la vitre, émet de temps à autre un son pour signifier qu'elle ne dort pas. En vérité, Luz s'échappe par la fenêtre. Ces paysages — les bleus, les verts, les jaunes qui tirent sur le blanc —, ce doux, ça lui fait du bien. Un sentiment étrange. Presque familier. Le bonhomme traverse un village, lui indique sa maison. Si elle a besoin de quoi que ce soit, c'est là qu'elle pourra le trouver. Puis il s'engage sur une route plus étroite. Dans un virage, un bouquet d'œillets est accroché au garde-fou. Le type embrasse la croix à son cou. Ils passent ensuite devant une poignée de masures, filent à travers le plat des rizières. Au loin, la jeune femme distingue des ruines. Le paysan grogne. Si jamais elle aime les serpents, ça grouille de sales bêtes par là-bas. À croire que les anciens propriétaires du Château hantent encore les lieux ; maudite Marquise, maudit Carlos.

Ils sont arrivés. La maisonnette est encerclée d'eau. On y accède par un petit ponton. Autour, des bassins quadrillent l'espace. Les murs de chaux s'effritent. Luz pense à ce qu'a dit le directeur — c'est pas le Ritz. Certes. Mais la bicoque ne manque pas de charme. Le paysan pousse la porte, ouvre les placards. Vaisselle rudimentaire, linge de lit. Sur une étagère, il désigne une bouteille d'huile d'olive, *Production personnelle*. Pour le reste, Luz n'aura qu'à aller à l'épicerie, un coup de dix minutes à vélo. Il fait un geste en direction de l'appentis, l'engin est stocké là-bas. Puis il triture sa casquette. Si la demoiselle n'a plus besoin de lui… Elle secoue la tête, *Vale*, ça ira. Le moteur de la voiture s'éloigne. Elle écarte les rideaux. Par-delà les herbes jaunes, par-delà le fouillis des oiseaux, le ciel vacille au-dessus de la mer.

Luz déballe son fourbi, organise la baraque. Il ne lui reste plus qu'à faire quelques réserves. La bicyclette est enfouie sous un amas de bâches, câbles, outils divers. Heureusement elle est encore en état de rouler.

Hormis un tracteur qui griffe les rizières, le delta est désert. Sac sur le dos, Luz pédale de toutes ses forces, ça cogne à ses tempes, rouge rythmique, comme l'autre jour ; c'est bon d'être ici. À l'approche du virage, le bouquet d'œillets attire de nouveau son attention. Mais à la vue du village, elle oublie déjà les fleurs. À l'épicerie, la patronne la dévisage pendant qu'elle fait le plein — boîtes de conserve, pommes de terre, tomates, œufs, café. Il ne doit pas y avoir beaucoup de visiteurs dans le coin.

Sous le poids des courses, Luz transpire à grosses gouttes. Ligne droite, vastes aplats, vent salé. Des échassiers s'envolent sur son passage : mouvements larges, éventails, giclée rouge des becs. Puis le virage et les fleurs, le ponton et la baraque. Son casse-croûte vite avalé — trois tomates, une boîte de thon —, elle pousse la table sous la fenêtre. Le rideau joue avec la lumière. Luz ouvre son carnet et se met à dessiner. La cahute, la route qui mène au village, les pluviers dans les jonchères. Dans un coin, elle crayonne les œillets.

Plus tard, elle fait un tour dehors. À demi camouflée par des massettes, une barque est amarrée contre la berge. Luz dégage un accès, grimpe à bord. Elle s'allonge au fond de la cale et ferme les yeux. Bruits de bulles, frottement des cordages. C'est une drôle de chose, un delta. La somme d'un fleuve. Le visage de Marta remonte, comme les bulles d'air emprisonnées dans la vase.

*

Au petit matin, Luz enfourche le vélo, pédale à travers les jonchères. Ce n'est qu'envols et plongeons. Le delta se dérobe à sa vue. Elle ne se laisse pas abattre. La voilà immobile, carnet en main. Quelques hérons cendrés paradent du haut de leurs échasses. Mais elle le sent, d'autres vies se tapissent, tout près. Leur souffle est perceptible, leur méfiance aussi. Alors la jeune femme se concentre, se fond dans les lieux. S'oublier, devenir poreuse ; souche, tige, remugle. On dirait qu'elle a fait ça toute sa vie. Un petit palmipède finit par apparaître, un masque vert sur les yeux. Il glisse sur l'eau, vif, rondouillard, sa gorge rutile, sa queue s'ouvre en panache. Luz tourne doucement les pages du guide. Une sarcelle d'hiver. Peu après, une rainette pointe à travers les lentilles d'eau. Le marais reprend vie. Bientôt, la surface du bassin se fait piste de bal. Irisations vertes, turquoise, trait de khôl, mouvements gracieux — immersion, demi-tour, piqué —, les corps valsent. Luz pense à ses promenades au parc, quand elle jetait du pain aux colverts de la mare. Sa mère étouffait un cri chaque fois que la fillette se penchait.

Le lendemain, temps nuageux. Elle pousse jusqu'aux dunes, ôte ses chaussures. L'eau chuinte sous ses pieds. À quelques encablures, des sternes se chamaillent, une bande de chevaliers aboyeurs fouille le sable. Ils sont indisciplinés, piaillent, loin des grâces de la veille. Luz s'éloigne, repère des mollusques et des invertébrés, la journée ondoie au bon vouloir du sable ; elle, elle bascule au revers du monde — dans les creux et les branchages, à fleur de flaque, ras de terrier.

Ainsi arpente-t-elle les bosquets, les lagunes, ainsi se penche-t-elle au-dessus des écluses, observe-t-elle les canaux d'irrigation : au bout de quelques jours, son calepin est plein. À la maison, les placards se vident. Il va falloir retourner auprès des hommes. Sac sur le dos, elle reprend à contrecœur la direction de l'épicerie. Dans le virage, le bouquet a été changé, cela doit dater du matin. Luz s'arrête, regarde autour, comme si la personne pouvait encore être là. Du côté de la colline, le soleil douche les ruines. La jeune femme décide d'aller y faire un tour dans l'après-midi.

*

Luz se met en route au plus fort de la chaleur. Le ventre des nuages pendouille à crever. Elle passe devant des baraques aux volets cloués, des pergolas tordues par la végétation ; la poussière danse derrière la roue de son vélo. Petit à petit, les contours de la colline se précisent, on dirait que les plantes l'appellent — rejetons de broussailles, gourmands d'agrumes. À un moment, une clôture défoncée l'oblige à abandonner sa bicyclette. Elle se faufile sous le grillage. Au sommet, s'essuie le front. Difficile de croire que dans cette terre rendue aux reptiles, vécurent jadis des hommes qui dînaient dans de l'argenterie. Du bout du pied, la jeune femme pousse un bloc de pierre. Il porte la trace d'un impact de balle. Un peu plus loin, des vitres ont volé, laissant une cuisine éventrée. Seul l'évier résiste, au fond duquel les pluies successives ont sédimenté. Luz contemple le champ de bataille. Ici, là, des plantes ornementales continuent de croître — un rosier, un bougainvillier, du rose pâle, du fuchsia au milieu des détritus et de la saleté. Elle parcourt du doigt un pétale — *De quel désastre se nourrit-il ?* —, puis poursuit son exploration. Tout a été pillé. Plus aucun meuble, pas la moindre photographie. Comme si on avait voulu effacer l'endroit. Soudain, elle se fige. Une tache rouge happe son regard. À côté de l'ossature d'une serre, des œillets. Les mêmes que ceux du bouquet. Elle s'approche ; quelques tiges ont fraîchement été coupées. Un filet de sueur biffe son dos. À cet instant, un grondement laboure le ciel. Luz ne réfléchit pas et se met à courir, talonnée par la peur et le tonnerre. Sous ses semelles, les cailloux s'entrechoquent, de petites gouttes la criblent, pareilles à des coups de bec. Vite, se jeter sous le grillage, vite, enfourcher le vélo. Elle dévale la pente, continue droit devant elle, sans se retourner, les yeux emplis de pluie, éblouie par les éclairs, et soudain hurle : une silhouette se tient au beau milieu de la route, immobile, comme si elle ne craignait ni l'orage ni le danger. Un coup de frein brutal, et puis la chute. Étendue sur le bas-côté, la jeune femme est sonnée, le genou en sang. Une main se tend, autoritaire. Luz l'attrape et entraperçoit, l'espace d'un éclair, un visage ridé sous capeline.

*

L'inconnue saisit le vélo, l'examine. La roue avant est voilée. Elle soulève l'engin, *Vamos,* et trace un chemin à travers les joncs. Ruisselante, Luz hésite, puis suit l'étrange créature. Un premier ponton, un second. Au fond, baignée de brumes, apparaît une chaumine. Un auvent protège la terrasse, tendu de fils sur lesquels sèchent des anguilles. Luz attend que son hôte cale la bicyclette contre le mur, l'invite à entrer. À l'intérieur, il fait sombre, on y voit mal. La jeune femme sent seulement des mains la dévêtir, la frictionner à l'aide d'une serviette rêche. Les gestes sont bruts, qui dissipent toute pudeur. Les odeurs de poisson se mêlent à celle du linge propre, et Luz clôt à demi ses paupières. Le parfum est curieux, celui du continent uni à la mer, des hommes aux bêtes. Peut-être est-ce cela, le souffle du delta ? La femme en noir farfouille dans un placard, en sort une petite bassine. À l'aide d'une aiguille, elle ôte le gravier amalgamé à la plaie, désinfecte le genou. Claquement sec de la langue. Il n'y a plus qu'à attendre une éclaircie. Luz s'inquiète pour son vélo. L'autre ne juge pas nécessaire de répondre, fourrage dans un tiroir avant de ressortir. À demi nue, la jeune femme cherche à accrocher son regard quelque part. Rien au mur, aucun souvenir. Juste un poêle, une armoire, une table et des chaises.

Dans le fond, un paravent masque le coin pour dormir. Elle se penche, aperçoit la tête du lit. Sur la table de nuit, un verre. Dans celui-ci, des œillets. Comme ceux du virage, comme ceux des ruines. À cet instant la vieille rentre, *Le vélo est réparé.* Luz se redresse, prise en flagrant délit de curiosité. L'autre ne s'en formalise pas. Elle range la pince dans le tiroir, disparaît derrière le paravent. De là, elle précise, *Les fleurs, c'est pour les fantômes. Ils aiment les fraîches.* Puis jette un paquet de tissu en direction de son hôte.

Luz lisse la robe noire sur son ventre ; la taille est parfaitement ajustée. Elle s'avance vers la fenêtre, contemple la pluie qui n'en finit plus. L'aînée observe le corps de la jeune femme emplir la défroque. Aucune émotion. Ni regret ni nostalgie. Puis elle attise le poêle, soulève le couvercle d'une casserole. À nouveau la voix qui ne laisse pas le choix, *Viens t'asseoir, niña.* Elle désigne l'assiette. Du *chapadillo.* Ce n'est pas grand-chose : une anguille et du vent, de la saumure et du feu. Luz pique un morceau. La chair est légèrement fumée, entre la viande et le poisson. C'est rudement bon. La cuisinière la regarde manger. Au bout d'un temps, elle dit, *Les anguilles cherchent toujours à revenir là où elles sont nées.* Puis plus rien.

*

L'orage calmé, Luz fourre ses vêtements humides dans un sac, remercie son hôte. Elle lui rendra la robe dès que possible. L'autre élude, *Ça n'a aucune importance, profite de l'accalmie.*

L'averse a couché les herbes, les roues de la bicyclette glissent. La jeune femme ralentit. Ici, là, des araignées d'eau reprennent leur chorégraphie à la surface des bassins. Autour, la terre absorbe le trop-plein dans d'interminables gargouillis. Quelques flaques demeurent, au fond desquelles gîteront bientôt des larves. Dans un renfoncement, Luz avise des remous, s'arrête. De longs corps couverts de mucus s'entortillent — des anguilles.

À la baraque elle ne prend pas la peine de se changer, veut jeter ses impressions dans le carnet. Mais l'après-midi refuse d'être attrapé d'un simple coup de crayon. Alors elle allume une cigarette, l'écrase aussitôt. Pas envie. Elle a besoin d'alcool. De beaucoup d'alcool. Un coup d'œil à sa montre : il lui reste encore un peu de temps. Elle pédale à toute berzingue. L'orage a arraché le bouquet, les pétales constellent le goudron. Pour les éviter, Luz fait une embardée.

Elle saisit une bouteille en vitesse, ne regarde pas l'étiquette. Elle veut boire, n'importe quoi, pourvu que ça tabasse. À la caisse, l'épicière a un mouvement de recul. Luz imagine que c'est à cause de l'alcool, elle paie d'un geste indifférent.

Dehors c'est l'heure bleue, celle où les familles

descendent faire quelques pas dans la rue avant de passer à table, où les vieux causent en rang d'oignons sur les bancs, profitant du frais. Occupée à chercher la maison du paysan, la jeune femme ne voit pas que les gens l'observent, qu'ils font des messes basses. Elle pense à Paco, languit d'entendre sa voix. Peut-être pourra-t-il venir bientôt ? Rapidement elle reconnaît les volets, les géraniums sur le rebord de la fenêtre. Le paysan est juché sur une échelle, à bricoler le boîtier qui relie sa maison au réseau téléphonique. L'orage a salement endommagé la ligne, *Un vrai merdier.* Il l'invite tout de même à entrer, sa dame lui offrira l'apéritif. Luz s'apprête à décliner, mais l'épouse écarte le rideau, aussitôt se signe, *Dios mío* — elle bafouille —, c'est qu'elle lui ressemble tellement — elle joint ses mains — le portrait craché de… La bonne femme ne continue pas, trop embarrassée. Luz vole à son secours : elle accepte volontiers de boire un petit quelque chose.

L'endroit sent le poireau et la lessive, un peu le plastique aussi, à cause de la toile cirée. Au-dessus de leur tête, un ruban de colle pendouille, lourd de mouches. La maîtresse de maison verse un fond de liqueur dans un verre miniature, fait signe de boire. Cul sec. Nouveau verre. De nouveau cul sec. L'eau-de-vie récure la bouche de Luz, sa gorge, son ventre, c'est un feu qui lave de tout. Exactement ce dont elle avait besoin. L'autre la resservirait bien mais Luz avance la main : ce ne serait pas raisonnable, elle va rouler dans le fossé. La paysanne ne se lève pas pour autant, tourne autour du pot, enfin se décide : cette robe, des fois, elle n'appartiendrait pas à la Toya ? Luz tressaille, *La femme aux fleurs ?* À ces mots, la commère se renfrogne. La *niña* a raison, il se fait tard. Et elle raccompagne prestement son hôte jusqu'au perron. Sur le seuil, elle ne peut s'en empêcher, *S'il n'était ces bouquets, on pourrait croire la Toya morte.* Du haut de son échelle, le paysan querelle son épouse. C'est-y pas possible d'avoir la langue aussi pendue !

Luz a la tête qui tourne légèrement. Elle gare son vélo contre la glissière de sécurité. À l'aide de sa lampe de poche, éclaire les fleurs éparpillées sur le goudron, les ramasse une à une avant de reprendre son chemin. Autour de la baraque, les reflets de la lune ondoient en formes blanches à la surface de l'eau. On dirait des fantômes. Luz s'approche de la berge, jette les pétales dans le bassin, puis boit au goulot jusqu'à plus soif, sans réellement savoir pourquoi, parce qu'il lui semble que c'est la meilleure chose à faire — boire en compagnie des fantômes.

*

Elle émerge dans un coaltar pégueux, le soleil déjà haut dans le ciel. Le moindre mouvement lui donne envie de vomir, et la perspective de rester des heures à l'affût l'assomme d'avance. Impossible pour autant de retrouver le sommeil, une impatience dans les jambes, une intranquillité. Assise sur le rebord du lit, elle avise la robe chiffonnée par terre. Il ne lui en faut pas plus pour se décider. Elle enfile un tee-shirt, un pantalon, saisit le vêtement et claque la porte.

Elle tâtonne à travers les joncs, suit les tiges affalées de la veille, et arrive enfin à retrouver l'endroit. Sur la terrasse, la femme en noir confectionne des guirlandes de piments. Elle ne pipe mot, comme si elle attendait Luz. Qui s'installe à la table, se met au travail. Toutes les deux restent ainsi, côte à côte. Le fil, l'aiguille, le trou dans la chair du piment et le jus. L'automatisme des gestes finit par anesthésier Luz, son mal de crâne. Plus rien ne compte, hormis l'ouvrage. Tandis qu'elles besognent, l'aînée confie, *Je faisais ça avec ma mère.* On pourrait s'attendre à ce qu'elle poursuive. Mais non.

Luz prend l'habitude de venir à la chaumière. Chaque fois, elle trouve la femme en noir affairée ; amassant des fagots sur sa petite remorque, retournant un coin de terre, désossant un lapin… Et chaque fois, elle lui donne un coup de main. Certains jours, elles ne font rien, s'assoient sous l'auvent. Parfois, la taiseuse sort son harmonica. D'autres fois, elles écoutent le vent qui sèche les anguilles. Alors, dans le plat de l'après-midi, la maîtresse des lieux lâche une bribe de ceci, une de cela.

Un jour elle dit, *Mon nom est Toya Vásquez Montalbán.*

Un autre, *J'ai grandi ici.*

Le suivant, *Sous le ciel, j'ai connu le pire et le meilleur.*

Le lendemain, *Je n'attends plus rien de la vie.*

Et chaque jour, Luz est plus impatiente de retourner la voir.

*

Un matin, la jeune femme entend le bruit d'un moteur. Le paysan toque à la porte. Il a reçu un coup de téléphone, de la part d'un certain Paco. Ça avait l'air urgent. Luz se rafraîchit en vitesse le visage, suit le paysan. Elle craint qu'il ne soit arrivé quelque chose à l'un des leurs. Edna peut se montrer si imprudente.

Paco est essoufflé, il explique d'une traite : Marta est hospitalisée, hémorragie digestive. Les médecins ont cherché à joindre Luz. Ils ont besoin de sang. De beaucoup de sang. Il faut venir sur-le-champ. Plantée dans le vestibule, Luz est incapable de répondre quoi que ce soit. Il lui semble que Barcelone n'existe pas, que cette histoire de sang non plus. En remarquant la pâleur de son visage, le paysan s'alarme, *Tout va bien ?*

Oui. Non. Elle n'en sait rien. Elle doit rentrer à Barcelone.

Ils roulent en direction d'Amposta. Elle n'a pas voulu repasser par la baraque, s'est mis en tête d'attraper le car de midi. Le bonhomme pousse le moteur, en fait une affaire personnelle. Les champs jaunis de blé, les mouettes en pagaille, Luz n'y prête plus attention, elle a mal au cœur, sa tête lui cogne. Une fois à la gare, le paysan lui serre la main. Elle lui tend un peu d'argent : qu'il garde la baraque. Lui ne cherche pas à comprendre, soulève sa casquette, *Bon courage.*

Le car s'arrête dans tous les villages. Il fait une chaleur du diable, et les odeurs de casse-croûte n'arrangent rien. Pourtant, Luz préférerait rester ici plutôt que d'arriver à destination. Son front contre la vitre, elle songe aux après-midi sur la terrasse, aux guirlandes de piments et aux embruns qui arrivent de la mer. Ce qui l'attend à Barcelone — l'odeur camphrée des hôpitaux, le ballet des blouses blanches —, elle n'en a pas envie. Vraiment pas. Il y aura sa mère. Il faudra trouver les mots. Et s'il lui arrivait quelque chose ? Cette sorte de détachement avec lequel elle l'envisage finit de l'effrayer.

Paco l'attend à la gare, il agite sa béquille en l'air, clopine à sa rencontre. Luz donnerait tout pour rentrer à la mansarde avec lui, faire comme si de rien n'était. Cette épreuve, sans qu'elle ne puisse réellement se l'expliquer, elle ne se sent pas capable de l'affronter.

Dans le bus, elle s'accroche à la barre en fer. Au fur et à mesure qu'ils approchent de l'hôpital, les façades des immeubles, les gens qui montent, ceux qui descendent, les restaurants et les enseignes, tout perd consistance. Seul se profile l'échec au bout du trajet, monumental. Paco l'accompagne jusqu'à l'accueil. Qu'elle prenne son temps, il va s'installer à la terrasse d'en face. Avant de s'engouffrer dans l'escalier, elle se retourne. Il lui fait signe qu'elle va y arriver.

Devant la porte, Luz demeure immobile. Une infirmière s'approche, *Est-ce que tout va bien ? Oui, tout va bien.* Sa réponse lui donne un haut-le-cœur. De l'intérieur, on perçoit un bip régulier. La jeune femme voudrait éprouver une émotion, mais cela reste un bip dans le vide. Les rideaux sont à moitié clos. Ça la prend à la gorge. La même obscurité que Passeig de Gràcia. Marta dort, cheveux épars sur l'oreiller. Luz ne l'a jamais connue autrement qu'avec son chignon. Elle a l'impression de la surprendre dans une situation inconvenante, comme le jour où elle avait ouvert la porte des toilettes. Du sang s'écoule lentement le long d'un tube. Elle s'assoit. À quoi s'attendait-elle ? À tout, sauf à cet ennui feutré.

Sur la poche rouge, des lettres en caractères gras. AB. Comme *Assez bien.* Ni bien ni mauvais.

Moyen. Cela pourrait résumer sa relation avec sa mère. Luz a envie de décamper, l'aurait fait si un médecin n'était entré. Il paraît surpris, *Vous êtes ?* Elle se présente. L'interne lui explique qu'ils sont passés tout près de la catastrophe. Marta a été admise pour un méléna. Elle souffre d'une hémorragie digestive haute. L'abus d'aspirine a été catastrophique pour son estomac. On l'a opérée la veille, afin de bloquer les saignements. Tant que les taux ne seront pas remontés, ils continueront de la transfuser. Luz devrait demander, *Est-ce qu'elle va s'en sortir ?* Aucun mot ne franchit ses lèvres. Le docteur a une requête. Les donneurs AB sont très peu nombreux. Il insiste sur l'adverbe. Le stock de sang fonctionne à flux tendu. Il y a de fortes chances pour que Luz appartienne à ce groupe. Elle dévisage le médecin. Il faudrait dire, *Oui, bien sûr,* se lever sur-le-champ et faire ce qu'il y a à faire, mais elle se sent soudain infiniment lourde, piégée dans le fauteuil. L'interne a l'air désappointé. Il attend quelques instants. Si elle change d'avis, elle pourra toujours descendre au centre de transfusion, au rez-de-chaussée.

Au bout d'une heure, Marta ne s'est pas réveillée, elle dort, bouche entrouverte. Luz lui trouve un air de poisson. Elle se lève précipitamment, quitte la pièce. Fuir l'hôpital, sentir l'air contre son visage, retrouver Paco, sauter dans un bus avec lui pour Amposta. Des larmes plein la bouche elle dévale les escaliers. Et puis dans le hall, il y a ce petit panneau. La flèche indique le centre de transfusion. Elle bifurque.

La voilà face à la bonne sœur, tâchant d'expliquer sa démarche, confuse. Heureusement une infirmière arrive, la conduit dans un box, prépare le nécessaire. Luz fixe le plafond, elle ne veut pas voir l'aiguille, encore moins son sang. Elle imagine sa mère au-dessus, avec son air de gobie. L'autre fait de son mieux, elle pique puis retire l'aiguille avec précaution, vite le coton, vite le sparadrap. Luz aimerait se laisser aller contre la blouse blanche, épancher cette peine qu'elle ne comprend pas. L'infirmière la regarde bizarrement et la raccompagne jusqu'à la chambre. Sans cette femme, Luz aurait pris la tangente.

Marta émerge péniblement, ensuquée par les anesthésiants. Elle devine une silhouette sur le fauteuil, reconnaît Luz, *Ah, c'est toi.* La mère et la fille échangent des formules d'usage dans l'odeur de détergent. C'est fade, plat, exactement comme Luz le craignait. Elle finit par se lever, envahie par un sentiment terrible de vide, *Je reviendrai demain.* Marta hoche la tête. Ça semble vouloir dire, *Qui vivra verra.*

*

Luz s'effondre sur la chaise en face de Paco, c'est comme si on lui avait passé les os à la moulinette. Il lui commande une bière, qu'elle boit à longues lampées, incapable de dire quoi que ce soit. Paco n'insiste pas. Plus tard, rentré à l'appartement, il lui demande si tout s'est bien passé dans le delta. Le visage de Luz s'éclaire. Elle sourit presque. Un jour ils iront ensemble. Enfin, quand Marta sera remise. Puis elle se tait. La femme aux fleurs, ses piments, ils la réchauffent secrètement, à l'intérieur.

Le lendemain, retour à l'hôpital. Avant de se diriger vers la chambre, Luz passe par le centre de transfusion, récupère les résultats et monte directement sans les consulter. Marta somnole. Le sang s'écoule toujours aussi lentement. Luz aimerait avoir la force d'effleurer le bras de sa mère, de lui dire, *Je suis là*, et de parler de tout et de rien sans être écrasée par l'inanité de ses propos. Au lieu de quoi elle reste assise sur le bord du fauteuil, comme si elle s'apprêtait à repartir à tout instant. Marta s'efforce d'ouvrir les yeux. *Ça va ? Comme ci, comme ça.* De temps en temps, les traits de la vieille femme se crispent de douleur. *Que dit le médecin ? Pas grand-chose. Les docteurs ne disent jamais grand-chose. Enfin, il n'a pas l'air plus inquiet que cela. Ah, tant mieux alors.* De nouveau, le malaise. L'interne de la veille fait son tour de garde. Il salue Luz, ausculte Marta, note des chiffres dans son bloc. C'est bien. Si les taux continuent de se stabiliser, Madame Ortega pourra arrêter les transfusions. À ces mots, Luz tend l'enveloppe. Le médecin parcourt le bilan, s'y reprend à deux fois. Elle fronce les sourcils, *Un problème ?* Le docteur secoue la tête. Non, rien. Pourtant, il semble perplexe, *Faudra juste compter sur d'autres donneurs. Vous êtes O+*. Pesanteur dans la pièce. Luz ne remarque pas le regard suppliant que Marta adresse au jeune docteur. Quand il n'est plus là, la vieille femme prétexte un étourdissement, ferme les yeux. Elle a besoin de se reposer.

*

Paco a rapporté un gros pain, trois tomates et un peu de jambon pour faire du *pan con tomate.* Pendant qu'il cuisine, Luz fume à la fenêtre. Elle observe les lueurs de la ville, les tours de la Sagrada Família. *La Sainte Famille,* quel programme... Elle se tourne vers la kitchenette, *C'est quoi le problème entre une mère AB et un enfant O ?* L'huile d'olive crépite au fond de la casserole, Paco n'entend pas. Elle est obligée de hausser la voix, *C'est quoi le problème entre une mère AB et un enfant O ?* Il cesse de remuer, réfléchit. Le problème ? Il n'y en a pas. Une mère AB ne peut pas avoir d'enfant O. Luz blêmit.

Ce n'est pas vraiment une secousse, pas exactement un séisme. La nouvelle se répand sans rien bousculer. Comme si le corps de la jeune femme avait toujours su. La vérité se diffuse en vagues lentes, elle rebat les cailloux en profondeur, les remet là où ils devraient être. Paco n'ose plus bouger. Luz ne sent pas l'odeur des tranches de pain qui carbonisent au fond de la casserole, elle ne voit pas la fumée, une question occulte tout, *Pourquoi ils ne m'ont rien dit ?*

La nuit, elle se laisse engloutir par cette sensation nouvelle, *Je ne suis pas la fille de ma mère.* Elle remonte le fil de sa vie, comme si elle regagnait la surface de l'eau pour enfin reprendre sa respiration. Quand le soleil perce les jalousies, elle s'habille. Ce qu'elle va faire, ce qu'elle va dire, elle n'y a pas réfléchi. Elle traverse le frais de l'aube. Ses pieds savent où ils vont, sa bouche saura quoi formuler. Dans la chambre, Marta ne dort pas. Elle n'a pas fermé l'œil, n'a aucun doute sur les raisons qui amènent sa fille. Dehors, la ville s'ébroue, les camions-bennes ramassent les ordures. La vieille femme se redresse contre son oreiller. Voilà donc le moment tant redouté. L'histoire est banale. Une jeune mariée qui ne peut pas avoir d'enfant. Qui pense que Dieu seul peut lui venir en aide. Elle fait appel à lui, et il l'exauce. Un petit matin de 1938, les sœurs lui apportent un couffin. À l'intérieur, un bébé pleure. Une petite fille. La jeune épouse demande son nom. Les sœurs répondent qu'elle n'en a pas. *Les prisonnières n'ont pas le droit de baptiser leur enfant.* Ordre de la mère supérieure. Un rayon de soleil frappe le visage du nourrisson. Elle s'appellera Luz. Sa fille. Sa lumière.

Marta se penche vers la table de nuit, boit un peu d'eau. Les mots qui vont suivre, elle veut les choisir. Eux seuls pourront expliquer, peut-être la sauver. Elle inspire. Ce prénom, *Luz*, il ne leur a pas porté chance. L'ombre s'est abattue sur leur famille. Les sœurs avaient trop parlé. Elles avaient dit, *Les prisonnières n'ont pas le droit de baptiser leur enfant.* Marta aurait voulu ne pas savoir. Il y aurait juste eu le bébé et ses plis roses, son visage tendre et la joie d'être trois. Dès lors, Marta ne pouvait l'ignorer. Quelque part, dans une geôle, une femme pleurait l'enfant qu'on venait de lui arracher. Cette femme était vivante. Et Marta le savait. Valait-elle mieux que cette proscrite à qui l'on avait ravi son nouveau-né ?

Luz déglutit. Ses doigts posés sur le bord du lit. Marta regarde la main, se retient de la prendre.

*

Il n'y a ni cri ni dispute. Pas d'effusion non plus. Luz reste dans la chambre. Les pièces se recomposent dans son esprit. Le médecin repasse, confiant : Marta semble tirée d'affaire, les saignements ont cessé, les taux sont stabilisés. Elle pourra sortir dans les prochains jours. *À condition d'arrêter l'aspirine*, précise-t-il. La vieille femme promet, comme une enfant qui a commis une bêtise. Luz la regarde. Elle n'arrive pas à lui en vouloir. On dirait une petite fille de soixante ans.

C'est le jour de la sortie. Paco accompagne Luz, l'aide à porter la valise. Marta n'ose pas trouver à y redire, salue le jeune homme du bout des lèvres. Elle l'imaginait plus sale, plus hirsute, avec une tête d'émeutier, pas ce visage inoffensif d'intellectuel. Il les escorte Passeig de Gràcia. C'est la première fois que Paco y met les pieds. Dans le vestibule, il remarque l'aiguière en cristal de Bohême, félicite Marta. Elle en reste comme deux ronds de flan. Un type comme lui peut donc apprécier les belles choses ? La vieille femme propose un petit sirop. Luz assiste à la scène, incrédule. De nouveaux continents sont en train de naître, engloutissant les rives anciennes.

Au fil des jours, Marta reprend son train-train. De temps en temps, elle s'assoit sur le fauteuil, pleure. Comme ça, de longues minutes. Elle sait que le mensonge ne s'efface pas. Que l'amour peut s'écrouler à tout moment quand il est construit sur du sable. Elle pleure aussi parce que cet amour n'en est pas moins sincère. Puis, calmée, elle regarde le parquet ciré, les rideaux mi-clos, constate l'écoulement des heures. Tout pourrait paraître absolument normal s'il n'était ce qui-vive. Marta est terrorisée à l'idée que Luz se volatilise.

Un jour, sa fille lui annonce qu'elle doit partir deux semaines, peut-être plus. Le directeur du labo veut boucler le dossier de l'Èbre. Paco ne peut pas y aller, coincé par son opération de la cheville. Marta a un léger tic au niveau de la paupière, elle chiffonne sa jupe. Luz s'accroupit, comme on le fait pour rassurer un enfant. Marta préférerait se taire, garder son inquiétude tassée au fond d'elle, mais la question lui échappe, *Est-ce que tu vas revenir ?* Cette phrase, la peur logée dedans, immense, à la mesure de son amour pour Luz, la jeune femme se la prend de plein fouet. L'amour la percute, et les larmes montent d'un coup, si vite qu'elle ne peut les retenir. Alors elle s'accroche aux genoux de Marta, et pleure comme elle n'a jamais pleuré.

*

Luz retrouve le velours élimé des sièges, les appuie-tête jaunis. Le paysan l'attend à la gare — même casquette, même mégot en coin. Il demande des nouvelles mais elle n'a pas envie de s'étendre, un simple *Ça va mieux*, puis elle se laisse pénétrer par les nuances du paysage, ce doux-amer.

Dans la cahute, les affaires sont restées en l'état, le carnet sur la table, le rideau qui volette. Comme à son habitude, le paysan meuble le silence, *Les soirées sont fraîches. Il faut mettre une petite laine.*

C'est vrai, l'été touche à sa fin, pourtant, Luz a la sensation que l'hiver est derrière elle. Le soir, elle écoute les bruits du delta. Ses fourmillements, ses entrelacs. Elle pense à sa mère, à la femme en noir aussi. Il lui tarde de la retrouver.

*

Quand elle aperçoit Luz, Toya tapote la place à côté d'elle sur le banc, continue à trier les feuilles de tilleul. Aucune question, pas le moindre reproche. Elles se seraient quittées la veille que ce serait pareil. Les gens, c'est comme les bêtes, ça va, ça vient.

Pas un soir Luz ne manque à l'appel. La journée, elle fait ses relevés, les poste à Paco, puis elle prend la direction des marais. Là, sous l'auvent, tantôt elles bricolent, tantôt elles ne font rien.

Un jour qu'elles dépiautent des anguilles, Toya dit, *Je vais m'absenter quelque temps.* Luz n'ose pas demander pourquoi, hoche simplement la tête.

Le lendemain, elle passe près de la chaumine. La porte est fermée.

Le surlendemain aussi.

Le jour suivant également.

À l'épicerie, pendant qu'elle fait ses courses, des clientes sont regroupées à la caisse, en grand conciliabule. Elles commentent un article du journal à renfort de cancans. L'épicière n'en démord pas, *Bien sûr que c'est lui, qui voulez-vous que ce soit ?* Une autre fait la grimace. Comment être certaines ? Luz s'avance pour payer, jette un coup d'œil au titre. *Fin d'un règne.* L'une des commères se retourne vers elle, d'un air conspirateur. C'est Carlos, le fils de la Marquise, il est mort. À Cordoue. Sa voisine opine du chef, *Quand même, finir comme ça…* L'épicière n'est pas d'accord, c'est toujours mieux qu'une longue maladie. Une autre s'empresse de livrer des détails. Probablement une attaque, on a retrouvé le bonhomme la tête dans sa *zarzuela.* Sa voisine mégote. Une attaque ? Elle n'y croit pas. Le type n'avait pas que des amis…

Luz tend une poignée de pièces et laisse les femmes à leur caquetage.

*

Elle fait un détour par la chaumine. La porte est ouverte ; Toya fixe en souriant une petite boîte en fer qui sèche sur un carré de coton. Quand soudain elle aperçoit Luz, elle camoufle précipitamment l'objet dans sa main, fait mine de plier le torchon et d'aller le ranger dans l'armoire. Pour masquer son étonnement, Luz s'approche de la fenêtre, avise un billet de bus sur le rebord. Elle ne peut s'empêcher de lire le nom de la ville : Córdoba.

Elles s'installent dehors, regardent le soleil décliner. Quand il va pour disparaître, l'aînée dit, *Je peux mourir tranquille maintenant.* Avant que Luz ait le temps de réagir, elle renchérit, *Ça ne tardera plus.* Curieusement, la jeune femme ne cherche pas à la contredire, comme si Toya avait simplement dit, *Je vais faire un petit somme*, et que cela n'ait pas été moins doux. Dans sa bouche, la mort n'existe pas plus qu'un nuage ou le vol d'une grue. Luz contemple le visage décati offert aux cuivres de septembre — les rides, les poils disgracieux, la sécheresse des traits. Pourtant, ce que Toya Vásquez Montalbán est belle. Un caillou. Avec tous ses secrets tassés à l'intérieur.

La vieille tourne la tête vers la maison. Elle demande à Luz d'aller voir dans l'armoire. Il y a un tourne-disque, une rallonge ; elles vont écouter un peu de musique. La jeune femme apporte l'appareil, tire le fil. Toya revient avec un disque. Elle le pose, s'assoit confortablement avant que le morceau ne commence.

Une note, une seule. Répétée plusieurs fois. Luz ferme les yeux. Elle voit la femme aux fleurs qui marche au milieu de nulle part, se dirige vers un point invisible ; ce pourrait être la mer, la mort, on ne saurait dire. Son pas est sûr, régulier, et à mesure qu'elle progresse, son courage la nimbe. Chaque foulée démultiplie l'aura, jusqu'à ce qu'une silhouette s'en détache. C'est un homme, plus jeune, aux contours transparents.

Luz le distingue mal, mais elle peut voir qu'il est beau, qu'il regarde la femme avec ardeur. Un amour intact, sans limite. Il lui prend la main. Leur peau se teinte alors de couleurs d'eau, de lumière. Et ils disparaissent, évaporés dans le delta. Quelques notes encore, car la mort n'efface pas complètement la vie, puis le silence, qui n'est jamais totalement le silence.

Luz frissonne. Le disque continue de tourner dans le vide.

Alors, l'aînée se met à parler.

Avant que mon cœur ne s'assèche, avant que je ne sois celle que tu connais, j'ai aimé. Follement.

Je suis née ici, et j'y mourrai. La guerre a été ma chance, elle a été mon malheur. Elle m'a donné ce que je chérissais le plus pour me l'arracher mieux. Tous mes espoirs, toutes mes victoires, elle me les a ôtés. Pourtant, niña, tu sais quoi ? Je ne regrette rien.

Ces mots, tu en feras ce que tu veux. Tu peux les oublier, les trouver cruels ou idiots, c'est à toi, pequeña, que je les confie.

Et tout le reste de la nuit, Toya raconte.

TROISIÈME PARTIE

Toya aperçoit les lueurs depuis les rizières. Elle n'a jamais rien vu de pareil. Des langues énormes, cramoisies, qui mangent tout sur leur passage. Elles avancent, furieuses, rugissent en fourrageant leurs appendices partout, au cœur des troncs, des nids. Elles happent la vie avec des bruits de sorcière. Taches rouges, giclures orange. Toya pantelle, songe à son père qui n'est pas rentré, à Horacio, qui habite près des greniers. Tout son corps lui hurle de fuir, mais quelque chose prend le dessus, plus fort, incroyablement tenace, face à quoi la peur ne pèse rien. Elle court au-devant du monstre : il faut sauver le delta.

Au même moment, Carlos se retourne, admire une dernière fois l'incendie. C'est lui qui a jeté l'allumette. Cette grève, le petit marquis ne la supporte pas. Il a tenté de la mater. Les paysans, ça finit toujours par obéir, voilà ce que l'histoire lui a appris. Mais Carlos a sous-estimé leur colère.

Rien vu de cet agglomérat d'humiliations, de frustrations. Le corps des paysans était lourd, bouillant d'une lave épaisse qui ne demandait qu'à déborder. Il a suffi d'un rien — un retard de paiement — pour que les hommes explosent. L'un d'eux a alors gueulé, *¡ Huelga general !* Les autres ont repris en chœur, *Grève générale !*, l'ont répété pour être bien certains de prononcer ce qu'ils prononçaient, candeur de l'enfant qui dit non pour la première fois. Ils se sont attrapé l'épaule, l'avant-bras, la nuque, se sont arrimés les uns aux autres. Puis il y a eu les rodomontades, histoire de se donner du courage, *La Marquise, sa récolte, elle va se la mettre au cul ! Mort aux salopards !*

D'abord, Carlos n'y a pas cru. La révolte allait dégonfler comme une baudruche. Les paysans reprendraient le travail. Au bout de trois jours, les rizières étaient toujours désertes. Il a envoyé les avocats. Les intercesseurs sont revenus la queue entre les jambes. Les paysans formaient désormais un bloc. La Marquise s'est alors mise à frémir, a pensé au revolver sous son oreiller. Carlos vitupérait. Ces *bastardos* ne s'en tireraient pas à si bon compte. Le riz, il le ferait pourrir. Et encore, ce serait trop gentil. Un soir qu'il tournait et virait dans le fumoir, il s'est approché de la fenêtre. Le couchant frappait le ciel. Les rouges éclaboussaient le lointain. Une vision l'a soudain empoigné. Un feu. Énorme et sans pitié.

Qui balaierait la récolte, ces minables et leurs rêves mesquins. Il ne resterait rien. Rien qu'une immense étendue de cendres. Carlos a éclaté de rire. Il est descendu au garage, a enfourné les bidons dans le coffre, roulé à toute allure, phares éteints ; surexcité.

Il a vidé ses barils d'essence autour des greniers, le long des herbes sèches, mouvements de plus en plus frénétiques, à la limite de l'hallucination. Puis il a eu ce geste qui contrastait, petite impulsion de pas grand-chose, comme on jette un pépin. Très vite les herbes ont grésillé, le feu a couru sur le sol, léché les planches du bâtiment, escaladé les murs. En un clin d'œil, l'édifice s'est tordu. Les flammes ont pénétré à l'intérieur, fait hurler la structure. Carlos s'est rempli de ces géhennes. Ce monstre était le sien, il déferlait alentour, fouissait la moelle des troncs. De la baise vorace. D'un coup, Carlos a senti son pantalon se tendre, jamais il n'avait connu pareil plaisir. Et il est resté là, face au brasier, extatique, jusqu'à ce que de petites cloques lui gaufrent le front. Il est remonté dans sa voiture pour foncer admirer le spectacle depuis le Château.

Les hommes et les femmes se relaient toute la nuit, transbahutent des seaux à la chaîne, les muscles tendus à l'extrême, les oreilles saturées de crépitements et de cris. La toux circule de corps en corps. Au petit matin, l'incendie est contenu. Le grenier principal a brûlé, la moitié des parcelles aussi. Un troupeau a été surpris par les flammes, les bêtes exposent leur ventre noir dans des postures indécentes. Les hommes contemplent le désastre. Face à cette débâcle, Francisco bégaie, les mots cherchent leur chemin, butent, et c'est un cri qu'il expulse, chargé de haine, *Tous au Château !* Les autres le regardent, ahuris. Ils ont cet instant d'hésitation. Mais Francisco cogne sa fourche contre la terre, *Tous au Château !*, cogne encore. Il électrise ses camarades. L'épuisement devient hargne, les paysans grondent à leur tour en levant leur poing, *Tous au Château !*, et ils déterrent les fusils.

Quand la troupe parvient aux barbelés, on s'amasse contre le fer, beugle, c'est l'instinct qui tonne, celui des bêtes folles. À mesure qu'il approche, Juan se sent de plus en plus mal, le souvenir de Pilar l'étrangle. Il préférerait se jeter contre le fer plutôt que cette torture. Toya le retient, *¡ Papá !* Un seul geste, un mot unique. Tous la regardent. Alors elle s'avance, calmement retire une pierre, une deuxième. Un passage se dégage. Voilà des semaines qu'elle y travaille, des semaines qu'elle creuse. Personne n'en revient. Elle se faufile et leur fait signe.

Quelques minutes plus tard, ils sont de l'autre côté.

*

Le plus frappant, c'est la sauvagerie avec laquelle ils déboulent sur le Château. Ceux qui n'ont pas de fusil ont emporté des bêches, les plus jeunes ont glissé des cailloux au fond de leurs poches. Ils piétinent les parterres de fleurs, les rosiers délicats — les Maribella, les Madame de Pompadour. C'est le début du combat : fouler aux pieds la délicatesse, bousiller la closerie, le jardinet, le boulingrin. Ça les excite, ils bouffe-raient les pétales s'ils en avaient le temps, mais ce qu'ils veulent, c'est la Marquise et son fils. Les plus vindicatifs ont gravi les marches, s'acharnent sur la porte verrouillée. D'autres les rejoignent : coups d'épaule, de pied. Rien n'y fait. Un type rapplique avec une barre à mine, ils s'y mettent à plusieurs. Les battants finissent par céder. Aussitôt, c'est l'hallali, *Montrez-vous, fils de pute ! Soyez des hommes !* Des gars retournent le rez-de-chaussée, d'autres grimpent à l'étage, renversent les consoles, les bronzes, s'en donnent à cœur joie sur le velours des draperies.

Les Ibáñez ont disparu.

C'est alors qu'on entend des gémissements. Ça semble provenir du jardin. On sort. Francisco tire Pepe hors de la masure où il s'est réfugié. D'une main, il tient le domestique par les che-veux, de l'autre pointe un couteau sous son men-ton. Il lui chantonne à l'oreille, *Duérmete niño, dors bébé, duérmete ya, dors maintenant, que vienne le croquemitaine, et il te mangera.* Et Pepe pleure, on dirait un veau au seuil de l'abattoir, il grelotte, tout son corps lui murmure, *Mon bonhomme, rien ne t'aura été épargné.* Les autres cessent de s'agiter. Juan tente le tout pour le tout, s'approche, *Sisco, fais pas ça...* Il parle posément comme le font les *ganaderos* pour calmer les taurillons. Mais Francisco ne s'appartient plus, la rage pulse à son oreille. Pepe n'est qu'un sac de *mierda,* il n'y a qu'à voir comment le larbin s'est fait dessus. Les yeux de Francisco roulent, il appuie son couteau contre la carotide du jardinier. Tout le monde est suspendu à sa main. Qui a ce mouvement bref, imperceptible. On se prend à espérer : il ne s'est rien passé, non. Ce ne peut être si facile. Un premier jet. Aussitôt, un deuxième. Puissants. Le sang jaillit au rythme des battements du cœur. Les derniers. Ce ne peut être si rapide. Francisco a ce sourire en lâchant le corps de Pepe. Bruit sourd dans les ombellifères. Autour, les lèvres remuent. La question reste au bord. *Pourquoi ?* Rien ne peut expliquer ce qui a pu se commettre, rien. Hormis ce fait, irrecevable en cet instant : l'atrocité n'a pas de camp.

*

Ce qui se passe ensuite ? C'est confus dans l'esprit de Toya. Elle est prise de nausée, des images du passé remontent : le jardinier qui caresse une feuille d'aubergine, déloge une punaise, soulève humblement son chapeau. Elle entend sa voix, cette inflexion douce quand il disait, *Oui Madame, bien Madame.* Jamais Pepe n'aurait fait de mal à une mouche. Sa force, il la consacrait au jardin, son endurance, au soleil, à la terre. Toya pose ses yeux sur les doigts inertes qui dépassent des fenouils — ongles cernés de noir, plis marqués par les teintures végétales. Elle regarde la bouche et les yeux trop ouverts, cette face incongrue au milieu des ombelles. Ça lui donne envie de crier, *Pepe n'était pas un ennemi ! C'était un gentil monsieur aux gestes aimables !* Alors elle attrape la main du vieux jardinier, celle qui lui offrait des tomates, et murmure, *Pardon.*

Francisco s'est éloigné. Il erre, hagard, sans comprendre pourquoi les autres le fuient. Que ces hommes, ses amis, l'évitent, ça lui retourne les tripes. Il marmonne, *Faux frères, foireux...* Dolores garde un œil sur lui, retient ses pleurs. Ce poids, cette honte, elle sait qu'elle devra composer avec. Juan fume cigarette sur cigarette. Il en était sûr, cet endroit porte la poisse. Le bâtiment a été construit pour torturer. Ils feraient mieux de tous foutre le camp.

Horacio se réfugie dans la bibliothèque, vacille contre les rayonnages, n'en voit ni les titres ni les reliures frappées d'or. Il n'y a que le sang dans sa tête. C'est alors qu'il entend un fracas à l'étage, monte en vitesse. Un type détruit tout ce qui reste dans le boudoir. Les flacons de parfum, les bibelots, il les pulvérise à coups de marteau. La coiffeuse, à coups de pied. Quand il en a fini, il va pour s'attaquer au piano. Horacio s'interpose. L'autre se demande si c'est du lard ou du cochon, ricane bêtement. Ça va tourner vinaigre. Horacio attrape le poignet du gars et le baisse doucement, mais fermement. Puis il s'assoit sur le tabouret.

Sans ce morceau, la révolte aurait certainement eu un tout autre visage. En posant ses mains sur le clavier, Horacio infléchit le cours des choses. Ses doigts effleurent, et les notes s'envolent, ailes de papillon, pour retomber en flocons. Elles disent, *Soyez pas bêtes, les pequeños, faites pas les cons.* La musique s'adresse à l'enfance de chacun, c'est une main sur le front des pauvres, la main d'une mère les soirs de fièvre. Les hommes cessent leurs petits saccages, ils voient ce qui les entoure : les éclats de verre, les meubles en morceaux. Leurs bouches s'ouvrent, ils balbutient, *De puta madre...* La colère leur a tourné la tête, elle est aussi terrible que le feu, bâfre tout sur son passage, même la dignité. Ce visage hideux, la musique le leur renvoie. Mais plus forte que le feu, plus puissante que la honte, elle pardonne.

Les accords parviennent à Francisco. Il serre les dents, ne veut rien entendre. Pourtant, les notes sont si légères qu'elles s'insinuent sous sa peau, jusqu'aux articulations, à l'endroit des contractures. Il s'agite, désorienté. Francisco voudrait trouver la lopette qui joue cet air, lui arracher les mains. En même temps, il est pris d'une envie de pleurer, grosse comme le poing. Pepe le regarde de son œil mort. Le sang croûte déjà. Une drôle de sensation remonte dans la gorge de Francisco. Gluante, intolérable. Le dégoût de soi. Alors il reste au-dessus de l'œil, jusqu'à n'en plus pouvoir, jusqu'à ce que son cerveau vrille.

Horacio continue de jouer. Il veut éteindre le feu qui ravage son ventre, déloger la crasse et le sang. Sa main trouve les notes claires qui composent cette bénédiction, celle d'un homme sans dieu qui se livre entier à la musique. Puis c'est le silence. Que personne n'ose troubler. Quand enfin on parle, les mots semblent neufs, *Il faut s'occuper de Pepe, lui trouver une demeure, une bonne terre, la meilleure.* Ainsi ensevelit-on le vieux jardinier sous un olivier.

Plus tard, on se demande, *Et après ?* Selon toute vraisemblance, la Marquise et Carlos ont déserté les lieux, ils ne reviendront pas de sitôt. José propose d'occuper le Château. On vote. Juan tente de les dissuader, cet endroit les conduira à leur perte. On le traite d'oiseau de mauvais augure. Et puis la majorité a raison, alors… Il retourne fumer dans son coin. Les autres continuent sans lui. L'idée de partager les terres arrive d'elle-même. Parce que c'est le bon moment.

Toya s'est éclipsée. Ces ratiocinations ne l'intéressent guère. Elle descend dans la cuisine. La pièce n'a pas changé. Les casseroles à leur place, les torchons de même. L'odeur de résine mêlée de propre rappelle celle d'antan. Le parfum que Pilar rapportait à la maison. Les larmes affleurent. Au bout d'un temps, la jeune fille flaire une présence. Elle se laisse aller à l'illusion. Pilar serait là, elle lui demanderait d'aller chercher un jambon, d'y couper trois tranches, *Et que ça saute, pequeña salvaje !* Toya fait volte-face. Juan se tient derrière elle, chancelant. Lui aussi a senti l'odeur. Il s'effondre sur une chaise, le visage entre ses mains. Lorsque les larmes se tarissent, il trouve la force d'articuler, *Je ne sais pas si j'y arriverai.* La jeune femme arrime ses yeux aux siens. Les fantômes, c'est pas compliqué, faut les nourrir, comme les bêtes.

Et disant cela, elle remarque que la porte de la cave est entrouverte, entraîne son père. Les charcuteries diffusent leurs senteurs de couenne et d'épices. Toya allume une bougie. À ses pieds, la trappe est relevée. Autour, des empreintes : semelles, pattes de chiens. Ils pénètrent dans la galerie, avancent le long d'un boyau étroit, étayé de vieilles poutres. Rien ne leur permet d'estimer dans quelle direction ils progressent. Pas un bruit, hormis l'écho de leurs propres pas. La peur a beau les tenailler, ils savent qu'ils n'ont pas le droit de rebrousser chemin.

Le long couloir finit par aboutir à un vantail, soigneusement verrouillé. Un filet de lumière perce à travers les jointures, projette des rais chatoyants. Des bleus, des rouges et des jaunes baignés d'encens. Toya reconnaît cette clarté. Celle des dimanches à l'église. Juan crache par terre : le padre Miquel a aidé les Ibáñez à s'enfuir. À l'heure qu'il est, ces cochons doivent être loin.

Le père et la fille reviennent sur leurs pas, avertissent les autres. La troupe ne met pas longtemps à se décider ; spontanément une escouade se forme. José n'en finit plus de se monter le bourrichon. L'Église a toujours été contre les pauvres, les curés se gavent sur leur dos. Il existe trois ennemis : la banque, le sabre et le goupillon ! Autour on acquiesce, embrase les torches. Une heure plus tard, des flammes s'élèvent du côté du village. La charpente de l'église s'effondre, dévorée par le feu. Les hommes ont condamné le passage avec ce qu'ils ont trouvé sur place, prie-Dieu, pupitres, agenouilloirs, calice, ciboires, bris de crédences, de bénitier, de fonts baptismaux... Pour une fois que ces conneries serviront à quelque chose. Le lendemain, ils coulent du béton.

*

Les paysans s'organisent. N'étaient la mort de Pepe, Francisco qui déraille et les tourments de Juan, il y aurait de la joie dans l'air, un parfum d'enfance. Le Château se transforme en fourmilière. Toutes les pièces sont occupées, réorganisées. Cantine, dortoirs, salle de réunion. Hommes et femmes se relaient en cuisine, aux champs, dans les vergers. C'est la période des récoltes, on engrange les fruits, les légumes, fabrique des bons pour remplacer la monnaie. Chaque famille a droit à ce qu'il faut pour manger à sa faim. Ceux qui ne sont pas d'accord, on ne les force pas, ils n'ont juste rien. *Débrouille-toi, estúpido.* L'épicier ? C'en est un. Il refuse de négocier. Résultat, plus personne ne va chez lui. Les villageois préfèrent récupérer ce dont ils ont besoin auprès des *anarquistas.* Voilà comment on appelle les paysans qui occupent le Château. Le soir, à la veillée, José et Horacio exposent leurs théories. Ils ne parlent pas directement de Bakounine ni de Proudhon, y viennent par du concret. José évoque avec ferveur l'îlot libertaire de la Cittadella en Italie, celui de la Ruche à Rambouillet. On y a inventé des manières inédites d'être ensemble, de s'autogérer. Les récits des deux hommes font forte impression sur l'auditoire, ils ancrent l'utopie. C'est empirique, une révolution, fait de tout un tas de tentatives, d'échecs et d'accidents heureux. Surtout, ça s'arrose de rêve.

Juillet finit par jaunir les champs; les Ibáñez n'ont toujours pas reparu. On commence à croire que les choses prennent, qu'elles peuvent s'enraciner. Les nouvelles qui arrivent du pays sont étranges, chaotiques. Tandis que le gouvernement ne cesse d'exhorter au calme et à la confiance, les ouvriers et les paysans s'insurgent de partout. La droite dure fait la morte. On se doute bien qu'elle prépare un coup. Le 18, la dépêche tombe : les militaires se sont soulevés au Maroc, aux Canaries, à Séville. On accueille l'annonce presque avec soulagement : l'adversaire a enfin un visage. Au Château, la nuit a des senteurs adolescentes, on se sait au seuil de quelque chose. On tient une assemblée fervente, on vote avec cœur. Francisco reste à part, marmonnant dans sa barbe.

À compter de ce jour, ce n'est que va-et-vient. On se met en tête de trouver plus d'armes. Certains imaginent même que le gouvernement va les aider. Pedro en première ligne. Il veut écrire au président Azaña, faire une demande officielle. Qui ne tente rien n'a rien, pas vrai ? Devant les regards circonspects, il pianote sur sa cuisse. Rapidement, il lui faut se rendre à l'évidence : le gouvernement ne bougera pas. José prend alors la parole, il a des contacts à Barcelone. Des voix s'élèvent, *Les gens de la ville, on leur fait pas confiance.* L'avocat essaie d'en placer une. Horacio finit par monter sur une chaise. Le danger commun impose la solidarité. À l'avenir, la seule différence qui prévaudra, c'est qu'il y aura ceux qui porteront un revolver et ceux qui n'en auront pas. Les types sont chauffés à blanc, ça gueule, *On sera du bon côté !* Des groupes se forment. On va ratisser la région, chercher des pétards. Certains à Sant Carles de la Ràpita, d'autres vers Riumar. José rédige des sauf-conduits. Il paraît que des patrouilles sillonnent le delta, qu'il faut montrer patte blanche. Lui, il ira voir son ami Gavril, à Barcelone. Un franc-maçon, engagé à la *Confederación Nacional del Trabajo*. Un type formidable. Rien que d'en parler, il s'enflamme, veut absolument le présenter à Horacio. L'avocat attrape l'épaule de Toya, assise à côté de lui. Elle va les accompagner, à son âge il faut voir du pays ! L'adolescente se garde bien de montrer qu'elle en meurt d'envie. Elle se tourne vers son père. Comme Juan ne paraît pas emballé, José goguenarde. Ce serait-y pas une réaction de vieux conservateur ? Pour ne pas dire de vieux con ? Juan est piqué au vif. Si José avait des gosses, il parlerait autrement. L'avocat va pour riposter mais Horacio intervient. Juan peut leur faire confiance, ce sera l'affaire d'un jour ou deux, et l'instituteur sera là. Silence. Le père tire sur sa cigarette, expire. C'est bien parce que c'est Horacio.

*

Les trois se serrent à l'avant. Ils ont réquisitionné la camionnette qui sert au transport du riz. Sur le capot, on a peint CNT en grandes lettres blanches. José roule à tombeau ouvert, exalté, des ronds de transpiration sous les aisselles. Ils y sont, jamais ils n'ont été si proches ! Et il mord dans une pêche attrapée dans un cageot avant de partir. Du jus coule sur son menton, sa chemise, il rit de sa propre voracité, et quand ils traversent Amposta, l'avocat passe sa tête par la fenêtre et gueule, *Elle a bon goût cette révolution !*

À longer la côte, le vent de face — iode bleu, poussière et sucre de fruit —, ils s'enivrent de kilomètres, deux cents à peu près, et Toya n'en croit pas ses yeux. Elle n'a jamais quitté le delta, ne rate rien des rochers qui dégringolent dans l'eau, des ports multicolores, de la rosace en haut de la cathédrale de Tarragone ; surtout, elle brûle de sentir la jambe d'Horacio contre la sienne. L'instituteur a beau s'agripper, il bascule régulièrement de son côté. Chaque fois, Toya ferme ses paupières. La mer, les bateaux, tout disparaît en un clin d'œil. Seule existe la cuisse d'Horacio, et cet infime contact concentre à lui seul le monde entier.

Ainsi roulent-ils jusqu'à Barcelone. Quand ils entrent dans la ville, c'est le choc. La joie irradie sur les visages républicains. Les femmes brandissent des fusils, les hommes lèvent le poing derrière des murs de pavés. Bon sang, ça flanquerait l'espoir à un condamné, ces inscriptions géantes au-dessus des établissements et des véhicules confisqués. Tramways, autobus, chemins de fer, taxis, usines textiles, papeteries, brasseries, cimenteries, parfumeries… Tout est au peuple ! Quand José se gare devant le siège de la CNT, Toya s'éjecte de la camionnette. Elle a passé le voyage en apnée.

L'avocat parlemente avec des gars à l'entrée, demande s'ils ont entendu parler de Gavril, un bonhomme avec la gueule de traviole, qui met son galurin de biais pour équilibrer. Les types se marrent. Pour sûr, tout le monde le connaît. Mais voilà plusieurs jours qu'ils ne l'ont pas vu. José bougonne. Ça n'arrange pas ses affaires. Il raconte la prise du Château, dit leur besoin d'armes. Les gars affichent une mine désolée. Ils voudraient bien, seulement, tout le monde en veut, des armes. Même les types du Parti Ouvrier d'Unification Marxiste. Le plus jeune éclate de rire, *Le POUM, ils sont pas nés avec la honte ceux-là. Faut les voir bander à l'idée d'être au pouvoir pour le croire !* José se récrie. Enfin, face aux fascistes, on ne cherche pas la petite bête aux copains ! Les gars se scandalisent, *Aux copains ? Faudrait pas mélanger les torchons et les serviettes.* José attrape le plus jeune par le cou. Ce seraient quand même pas de fieffés couillons, les camarades anarchistes de Barcelone ? Et il lui assène une bourrade amicale dans les côtes. Le gosse renvoie José dans les cordes. S'il veut donner des leçons, qu'il aille plutôt jouer les pères la morale du côté d'El Raval. Son Gavril écume tous les bordels du quartier avec une drôlesse qui se prend pour une militante.

José remonte dans la camionnette, fait signe aux autres de grimper, *On décolle !* Au volant, il s'anime, *Ça promet !* Horacio se raidit. Il n'a pas tout compris de la conversation, la fin ne lui a pourtant pas échappé. Il veut savoir, *Cette histoire de...* — il n'ose prononcer le mot — *tout de même, José, ce n'est pas sérieux ?* L'avocat a du mal à se contenir de rire. Horacio explose. Mais enfin ! Ils ont charge d'âme ! José pile au milieu de la route. Dans le delta, la *pequeña* passe son temps à voir des bestioles se grimper dessus. Ce ne sont pas trois cocottes qui vont l'effaroucher.

L'avocat se gare dans une ruelle. L'instituteur refuse de sortir. Que son ami fasse ce qu'il a à faire, lui, il restera avec Toya. Quand José aura fini — enfin, s'il trouve ce satané Gavril —, ils rentreront. Il a lâché ça d'une traite, cramoisi par la colère. Sur le trottoir, l'avocat se met au garde-à-vous. En s'éloignant il claironne, *Tes pudeurs, mon ami, tu peux te les mettre là où je pense !* Toya sent le corps d'Horacio bouillir. La gêne s'installe. Pour se donner une contenance, elle se racle la gorge. Main sur la poignée. Horacio lui saisit le bras. Jamais ils n'ont été si proches.

Heureusement, José s'agite au loin. Il a trouvé Gavril, qu'ils rappliquent ! Reniant ce qu'il vient de dire, Horacio pousse Toya à l'extérieur. Déjà l'avocat arrive à leur rencontre, réjoui à l'idée d'avoir réussi son coup. Un grand gaillard surgit d'un bâtiment, bras écartés en signe de bienvenue. Au-dessus de la porte, une banderole annonce, *Les femmes sont des camarades comme les autres.* Une brune apparaît à son tour, en bleu de travail : Soledad, des *Mujeres libres.* Elle invite tout le monde à entrer. Horacio prend une profonde inspiration. À l'intérieur, ça empeste la cigarette et le parfum bon marché. Des femmes en petite tenue s'éventent mollement sur des banquettes de velours. Tout est décati. Soledad reprend où elle en était : son organisation féministe libertaire autonome a pour but d'en finir avec le triple esclavage de l'ignorance, du capital et du patriarcat. Les prostituées prêtent une oreille distraite à son discours, attendent de voir ce que ça peut concrètement leur apporter. L'une d'elles lance des œillades appuyées à José. Depuis le début du soulèvement, Soledad écume le quartier, incite les filles à flanquer leur maquereau à la porte. La voilà qui s'enflamme, *Il faut occuper votre lieu de travail !* Gavril opine du chef. Vrai, les autres du haut de la rue s'en tirent très bien. Ça double leur revenu. Immédiatement, c'est le brouhaha. Soledad répond aux questions, explique autant de fois que nécessaire les grands principes de l'autonomie. Les prostituées ont une place dans la révolution, leur corps leur appartient, il n'est la propriété de personne. Gavril a déjà entendu cette harangue des dizaines de fois, il sort fumer une cigarette, rejoint par José. Les deux amis sont contents de se retrouver, ça fait si longtemps. Gavril jauge le ventre de l'avocat. Il n'a pas maigri le salopard ! Ce n'est pas très communiste tout ce gras, faudrait penser à partager… Et les deux hommes se bourrent amicalement de coups.

À la fin de la réunion, Soledad serre la main de chacune des filles. Elle reviendra, il faudra organiser leur protection, une veille sanitaire, un système de bons pour remplacer l'argent… *Salut et fraternité, camarades.* Dehors, elle sermonne Gavril qui blague avec José. Si c'est pour faire autant de boucan, il peut rester avec ces phallocrates de la CNT. Il l'attrape par la taille. Quand elle lui parle avec ce ton de mère supérieure, ça lui donne envie de se faire punir… Soledad l'envoie gentiment promener. Toya ne quitte pas la jeune femme des yeux.

Soledad habite avec sa sœur et des amis, elle propose de dîner chez eux. José ne se le fait pas dire deux fois, et Horacio se demande si l'avocat n'a pas perdu de vue leur objectif. Ils entrent dans un vieil immeuble bourgeois, montent au dernier étage. À l'intérieur règne une drôle d'ambiance, entre le quartier général et la fête.

Des jeunes gens récurent des fusils, l'un d'eux gratouille une guitare, certains déplient des cartes sur un canapé à côté d'un couple qui se bécote. Dans la cuisine, une marmite fume. Soledad soulève le couvercle, *¡ Potaje de garbanzos !* Elle y trempe l'index, le lèche. Une blonde aux cheveux courts lui donne une tape, *On se lave les mains, sœurette !* Puis elle pose un baiser sur la joue de Soledad. *Salut Inés.* Gavril va chercher des chaises, des assiettes. On s'attable. Il commence bien ce repas. Quand soudain, on entend des coups de feu. Tout le monde s'interrompt. De nouveau, des explosions. Inés murmure, *Du côté du port.* Heureusement, les combats ne durent pas. José juge que c'est le moment. Il explique pourquoi ils sont là, raconte ce qui s'est passé dans le delta. Et termine son plaidoyer en désignant Toya. Cette *chica,* il la verrait bien arborer un fusil. Soledad chuchote quelque chose à l'oreille de Gavril. Qui l'assure : José est digne de confiance. Alors les deux sœurs repoussent leurs chaises, emmènent leurs hôtes dans une chambre. La nuit du 17 juillet, avec d'autres *Mujeres libres,* elles ont profité du chaos pour dévaliser une armurerie. Le butin est là. Sur ce, elles se retirent pour discuter, reviennent quelques instants plus tard. Avant de décider quoi que ce soit, il leur faut savoir où se situe le Château, comment y accéder. Une carte est déployée. José pose son index sur l'étendue beige du delta. Inés sonde sa sœur, *¿ Vale ? Vale.* C'est d'accord, elles veulent bien faire un échange. L'un de leurs amis — elles l'appellent le Français — pourrait avoir besoin d'une base de repli. En contrepartie, elles leur confieront quelques fusils, une caisse de munitions. José exulte.

Après le dîner, Soledad installe la petite troupe dans un bureau. Elle dispose trois matelas par terre, s'accroupit au pied de Toya pour déposer un baiser sur son front, *Buenas noches, chica libre.* L'adolescente aime ces mots. Elle écoute les bruits de la ville, les coups de feu intermittents, les rires échappés des pièces voisines, la respiration d'Horacio. Elle devine qu'il ne dort pas, n'ose pas se retourner de peur que leurs regards ne se croisent. José ronfle depuis un moment. Vers minuit, elle perçoit des pas feutrés. Inés se glisse sous les draps de l'avocat. Gloussements, soupirs. De cette nuit, Toya retiendra cette gêne délicieuse et le coton plaqué contre sa peau moite.

*

Horacio se lève avant tout le monde. Il va préparer du café, traîne des pieds, c'est tout juste s'il a réussi à dormir une heure ou deux. José est le dernier à les rejoindre ; il bâille en ouvrant une bouche grande comme ça, la chemise déboutonnée. Quand elle passe derrière lui, Inés lui pince le flanc. Entre deux tartines, Soledad parle affaires, annonce le chiffre de quinze fusils, donne un coup de coude à Gavril. Il pousse un papier sur la table. Une page de journal déchirée en deux. Le Français leur donnera l'autre moitié s'il a besoin de se réfugier au Château. Ainsi sauront-ils que c'est lui. José glisse la feuille dans sa poche. Les armes sont emballées dans des draps, descendues dans des cageots. Au pied de l'immeuble, on se prend dans les bras. Avant de lâcher Toya, Soledad lui murmure que les *chicas libres* n'ont pas peur de l'amour. Et elle lance une œillade en direction d'Horacio.

Peu après Tarragone, une balle ricoche sur le pare-boue avant. La camionnette fait une embardée, Toya est projetée contre Horacio, qui l'étreint. De peur. D'amour. Elle le serre fort en retour, se cramponne, dix ongles plantés dans la chair. Et ils s'agrippent, épouvantés, avec ce goût impitoyable de l'urgence. Les balles fusent autour du véhicule, atteignent un caillou sur le bas-côté — il vole —, percutent la carrosserie arrière — elle tinte —, certaines se fichent dans les troncs — tamaris, palmiers, oliviers —, d'autres continuent leur course dans le ciel. José s'époumone, *¡ Hijos de puta !* en appuyant sur l'accélérateur, il souffle, à deux doigts de la crise d'asthme, et la camionnette continue vaille que vaille, écorchée par les pruneaux, les tire de ce merdier. José ne lève pas le pied, il file le long des rochers qui déchiquettent la côte, ébloui par la transparence de l'eau, ses bleus turquoise, couleur de plongeon. Quand il est sûr que le danger est écarté, il se met à rire, *On les a eus !* et klaxonne comme un enfant, le cœur battant de vie, chargé de peur et de joie. Horacio garde Toya contre lui, tous deux tremblent d'avoir échappé aux balles, tremblent d'être collés l'un à l'autre. Ils traversent Amposta sans encombre, pénètrent le delta, le vert virulent des rizières, longent les canaux d'irrigation et finissent par apercevoir la colline, mamelon où les camarades les attendent, foyer de bravoure où ils entrent fiers, victorieux, fêtés. C'est étrange, ces armes qui circulent de main en main comme des promesses. À cet instant, aucun ne pense qu'elles serviront à tuer, parfois à coups de crosse quand les balles manqueront. Elles disent seulement qu'ils pourront se défendre. Ils sont heureux, puceaux, et le Château retentit de leurs cris.

*

Y a-t-il eu une providence pour les armer à temps ou est-ce l'embuscade de Tarragone qui a mené les nationalistes à eux, toujours est-il que, le soir, trois véhicules coupent la plaine. Manuel, occupé à cueillir des olives, porte sa main en visière. Des bâches, du kaki. Il lance l'alerte. Les hommes se rassemblent, ferment les grilles, jettent des sacs de riz en travers ; on se distribue les armes. Francisco s'avance mais Juan l'arrête, *Non, tu resteras avec les vieilles et les enfants.* Il ne s'attarde pas, compte le nombre de fusils en leur possession. Les pétoires de ceux qui chassent — cinq —, celles volées à la caserne — sept —, les quinze rapportées de Barcelone, les trois de Sant Carles de la Ràpita et les deux de Riumar. Ils ont la rage derrière les dents. Et puis il y a Pepe là-dessous, qui ne peut pas être mort pour rien. Leur rêve doit croître, devenir grandiose, alors seulement ce crime deviendra supportable. Voilà pourquoi ces militaires, fils de pute et consorts, peuvent débarquer, ils verront ce que c'est que d'être accueillis par des paysans sur leur terre.

Ils attendent. Drôle de moment. S'il fallait tout raconter des guerres, on n'en finirait plus d'étirer l'élastique. Ça vous grignote le cerveau, l'attente, c'est peut-être même le plus vache, avoir tout ce temps pour imaginer mille façons de mourir, conscient que la Camarde vous cueillera forcément par surprise. C'est toujours plus rapide, brouillon ou sale que prévu. Alors mieux vaut ne pas trop se triturer les méninges, voilà ce qu'on a envie de leur conseiller, à ces hommes planqués autour du Château. Facile à dire quand on n'a pas le cul dans le cambouis, contrairement à eux, Juan, José, Horacio, Pedro, Martín, Jaume, Sebastián, Javier,

Manuel, Ramón, et tous les autres qui se bouffent les lèvres à se demander, *Putain, ils vont sortir d'où ces salopards ?* Eux, ils vous riraient au nez. Parce qu'à ne plus entendre le bruit des moteurs, à ignorer d'où viendra le danger tout en le sentant si proche, ils s'accrochent à leur fusil comme des gamins au cou de leur mère.

Ils sont arrivés par le côté. Une vingtaine en uniforme. Ne pensant pas échouer contre cette clôture, tomber sur un petit fortin. Les militaires ont souvent cette présomption de sous-estimer les civils, surtout les anarchistes, crevards, moins-que-rien. D'eux, ils vont faire une bouchée, crac. Plié en cinq minutes. Mais il y a ce grillage, ils le remuent, essaient de passer dessous, ça achoppe. À partir de là, tout va très vite. Juan fait un signe : ils vont les surprendre par l'arrière, emprunter le passage que Toya a creusé. Ils cheminent d'arbre en arbre, se plaquent aux troncs, ça leur fait monter une sorte de sève d'être ainsi collés au bois. Dans ce silence qui précède le brouhaha, ils pourraient entendre les pattes d'une cétoine contre l'écorce. Ensuite, c'est désordonné, vert olive, beige, avec des taches rouges. Les échanges de tirs durent vingt minutes, autant dire une éternité. Soudain, les militaires reculent. On s'attendait à tout sauf à ça — c'est quoi le piège ? Les gars sont désarçonnés, ça leur ruine le bide, alors ils se ruent comme des bêtes, offensifs, extrêmement rapides, ils tirent, rechargent, tirent, masques de furie. En face, les visages se décomposent, ça trébuche, se cherche du regard, *On fait quoi, chef ?* Mais le chef gît à terre, occiput arraché, du coup ça détale, débandade pathétique, les paysans peinent à le croire, ils hurlent, *Revenez bande de bâtards ! On vous a pas assez chauffé le cul !* Et assistent à cette cacade avec l'air idiot de celui qui ne comprend pas qu'il est le vainqueur.

*

Les paysans observent les véhicules qui s'éloignent, ils ont les bras qui tombent, le fusil lourd au bout. Quand ils sont sûrs que les militaires ont fui, aucun ne pense à clamer victoire. Au contraire, ils sont pris de peur, flageolent, essaient de se compter, s'y reprennent à plusieurs fois, *Putain ! Recompte ! Il manque quelqu'un ! Qui ?* Ils n'arrivent pas à penser, tournent sur eux-mêmes, et soudain, *Il est où, Pedro ?*

Refaire le parcours, remonter la colline, tomber sur le cadavre de l'officier, des bêtes déjà au festin. Essayer de ne pas regarder, regarder quand même. Redoubler de cris, *¡ Pedro !* Une fois, deux fois. À se déchirer les tympans. Rien. Puis la voix de Toya, loin. Qui les supplie, *¡ Rápido !* Bègues, ils s'époumonent, *¡ Pedro !*, comme si ça pouvait conjurer le sort. Pourtant ils savent, même s'ils ne veulent pas le croire, *¡ Pedro !*, ce n'est pas possible, l'homme aux pêches miraculeuses ne peut pas mourir, pas maintenant, pas comme ça.

En haut de la colline, ils découvrent Toya assise au milieu des eucalyptus, qui caresse la tête de Pedro, *Tiens le coup, je t'en prie ! Tiens le coup !*, inlassablement. Il lui tapote la main, *Ça va aller, pequeña, ça va aller*, et chaque fois il dégueule un peu plus de sang. Tous encerclent leur ami, tous serrent les dents. Il leur sourit. Un sourire qui veut dire, *Ça vaut le coup, ne pleurez pas.* Puis sa tête retombe lourdement. La gamine enfouit son visage dans le col du gentil pêcheur. Elle se balance d'avant en arrière, lui promet, *Prometido*, ils continueront. Les images s'entrechoquent dans sa tête ; les balles comme de sales petites guêpes, la viscosité du sang, Soledad debout, les femmes libres… Elle se dégage doucement, allonge Pedro par terre, prend le fusil de ses mains, et le brandit, *¡ Continuaremos !*

Le corps du militaire, ils l'enterrent, faut pas être chien. Celui de Pedro, ils réfléchissent. Juan tranche, *Un marin, ça retourne à la mer.* Hochements de tête. Vrai, un marin ça retourne à la mer. Le lendemain, aux aurores, ils chargent la dépouille dans la camionnette. À l'avant, il y a Juan, Horacio et José. Au cul, Toya. Et Francisco — le seul à savoir manœuvrer le chalut. La fourgonnette avance dans l'estomac de la nuit. Toya tient la nuque de Pedro entre ses mains pour que son crâne ne heurte pas l'acier. Ça sent Pedro, Pedro vivant, qui fait tinter la sonnette de son vélo, qui rapporte un peu de poudrin dans les mailles de son chandail. Verbe modeste, rêves hissés haut. Ils roulent vers la mer. Déjà elle remue, réclame son dû, tombé au milieu des oliviers.

Quand ils embarquent sur le bateau, elle clapote contre la coque, *Allez, donnez-le-moi.* On largue les amarres, poussés par un solide vent arrière, pas besoin de faire hurler le moteur, la Méditerranée les escorte de son troupeau d'écume. On dirait que les cordages bêlent, que les haubans claquent des dents ; ça déchire le cœur, un navire qui sanglote. À quelques milles, là où seuls s'aventurent les pêcheurs, ceux qui ne craignent ni la nuit ni les grands fonds, Francisco stoppe le moteur. Ils se regroupent autour de Pedro, chacun lui dit au revoir dans sa tête. Et d'un geste commun, ils font basculer le corps dans l'ondoiement sombre.

*

On ne va pas se mentir, ce n'est pas facile après. Il faut continuer. Croire sur les décombres. Certains se demandent si ça en vaut la peine. Sebastián par exemple. Il s'excuse, ne veut pas qu'on le prenne pour un traître — il leur conserve son amitié, continuera à faire partie du groupe —, mais il retourne avec sa femme et ses enfants dans la plaine. Au Château, c'est trop risqué. La discussion s'anime. Ce soir-là, on va se coucher des doutes plein la tête. Les jours suivants, de manière discrète, Horacio verse plus encore son obole à la révolution. Il passe par des détours, attentif aux humeurs des uns, des autres. S'assoit à côté de Manuel qui taille un manche de pioche, taciturne, discute le bout. Pas longtemps. Juste pour dire, *T'es pas tout seul.* Une autre fois, il remarque les traits renfrognés de Magdalena. Elle est persuadée que Leocadia bavasse dans son dos. Horacio parle à l'une, à l'autre ; le lendemain, les deux femmes sont rabibochées. Et puis il y a l'école du soir. Son grand chantier. Pour Horacio, rien n'est plus important que ces femmes et ces hommes apprennent à lire et à écrire. Alors, après le souper, il s'installe dans le salon et dispense des cours à qui veut.

D'abord timides, les camarades boudent l'idée. Mais l'instituteur refuse de s'avouer vaincu et imagine une revue de presse. Il commence par la lecture des journaux. Les paysans suivent avec intérêt les avancées de la colonne de soldats menés par Durruti. Ce type, il leur plaît. À quarante ans, il a déjà lancé des grèves, dévalisé une banque, connu l'exil, la prison, et largement contribué à la victoire des républicains contre les nationalistes à Barcelone. Aussi, chaque soir, ils viennent écouter les nouvelles. À mesure que Durruti et ses hommes marchent sur Madrid, ils croisent les doigts. À l'automne, la salle ne désemplit pas. Horacio en profite pour expliquer le b.a.-ba de la lecture. Il distribue des coupures de presse, redouble de patience, de conseils. Toya ne rate pas une séance. Parfois, le jeune instituteur prend un livre dans son sac et se met à lire à voix haute.

Cyprès.
(Eau stagnante.)

Toya ferme les yeux.

Peuplier.
(Eau cristalline.)

Les phrases ouvrent des mondes sous sa peau.

Osier.
(Eau profonde.)

Elle plonge au revers, là où niche la pulpe des mots.

Cœur.
(Eau de pupille.)

Ce poème de Federico García Lorca, Horacio l'a choisi pour elle.

*

Le jour, Toya transporte le foin, concasse le riz. Ces travaux, cette journée de huit heures, ces outils mis en commun, muscles qui se tendent pour mieux se reposer ensuite, il lui semble que c'est ainsi que la vie devrait s'organiser : avec des principes simples et bons comme un pain partagé. L'adolescente a mûri, elle le sent au fagot qu'elle porte contre sa hanche : celle-ci s'est arrondie, riche d'une densité nouvelle, généreuse. La jeune fille n'a pas tort, et lorsque les hommes la regardent traverser la cour, ils disent, *Elle a bien changé, la pequeña, un joli brin de femme.*

Ainsi s'ébauche la vie dans la collectivité du Castillo. Le nom a été adopté en assemblée générale. Ils sont une cinquantaine à demeure, et beaucoup gravitent autour, dans la plaine, au village. L'argent a été aboli, les relations avec l'État aussi ; celles entre hommes et femmes s'assouplissent. On a établi un roulement : quelqu'un guette en permanence au premier, des fois que les phalangistes rappliquent. Octobre est déjà là qu'ils ne sont toujours pas revenus. Novembre ne les voit pas plus reparaître. On vote. Cesse de guetter.

Javier décide alors de rendre visite à des parents, non loin de Cordoue. Par là-bas, on raconte qu'un curé se serait réfugié dans un hôpital psychiatrique, qu'il y jouerait les malades mentaux. D'après la description, le paysan croit reconnaître le padre Miquel. Les Ibáñez auraient fait le voyage avec lui, ils vivraient non loin, chez des monarchistes. Ce sont des bruits qui courent, personne n'est sûr. L'ombre de la famille continue de planer sur le delta. Leurs habits ont beau avoir été distribués, leurs biens aussi, un je-ne-sais-quoi reste dans la pierre. La nuit, Toya fait des cauchemars : les murs respirent, le Château ouvre sa gueule. La grosse bête se réveille.

Un après-midi, alors qu'un léger crachin agace le visage, une voiture élégante se gare dans la cour. Un homme à la mise impeccable en descend. Le moustachu demande à voir José. Il a un accent, une écharpe en laine soyeuse. Méfiant, on ne sait que faire. Conduire l'inconnu auprès de l'avocat ? Et si c'était un piège ? Alerté par le bruit du moteur, Horacio s'avance, main tendue, *Horacio Ruiz Calderón.* L'autre soulève son chapeau, *Jean Laplaud.* Et sort un bout de journal de sa poche. L'instituteur lorgne le papier sans comprendre. La chose ne lui revient pas tout de suite. C'est Toya qui lui souffle à l'oreille, *Soledad, Gavril, Barcelone…* Il se frappe le front. Bon sang, pardon, il est désolé pour cet accueil désastreux. Laplaud lui fait signe que ça va. Lui aussi est tenu aux mêmes prudences. D'ailleurs il aimerait voir l'autre moitié de la coupure, simple formalité, pour sceller la confiance. Horacio s'empresse de l'accompagner auprès de José, qui fait la sieste. L'avocat se réveille en sursaut, ne remet pas tout de suite la main sur le document. Le Français réprime un mouvement d'impatience. Quand enfin José trouve la feuille, ils découvrent pourquoi le type est si nerveux. Laplaud transporte un blessé dissimulé sous une couverture, à l'arrière de son automobile. Le gars s'est évadé de prison, il doit se retaper avant d'être exfiltré en France.

L'affaire est entendue. Laplaud reviendra dans deux semaines. Il apportera des armes en échange des soins prodigués à Luis. De son protégé, il ne dit pas grand-chose, hormis son prénom. Mieux vaut ne pas trop en savoir. Puis le Français s'en va comme il est venu, dans un roulement de moteur distingué.

Horacio convoque une assemblée générale. Dans le fond de la salle, Francisco balance des borborygmes en donnant des coups de poing à des ennemis invisibles. Une simple mouche l'agresse. Chacun essaie de faire avec, mais sa présence tend tout le monde. Quant au blessé, *Vale*, on fera ce qu'on a à faire.

Luis n'est pas bavard, tremble pour un rien. Dès qu'on s'avance, il se pelotonne contre le mur. On comprend que là-bas, dans les geôles fascistes, lorsqu'on n'exécute pas les républicains, on les anéantit. Seule Dolores parvient à l'approcher. Elle le veille avec le reliquat d'amour qu'il lui reste sur les bras. Francisco ne s'intéresse plus à elle ni au petit. Le gamin apprend à marcher sans son père. Il appelle tous les hommes *Papá*, à commencer par Luis, allongé sur le lit. Dolores rougit, *Non mon chaton*, et elle porte l'enfant jusqu'à la fenêtre, lui désigne Francisco qui erre dans la cour, *C'est lui ton papa*, et le gamin se met à pleurer, s'accroche au cou de sa mère. Alors elle retourne s'asseoir près du lit, abattue, change les pansements, soulage les blessures du Madrilène comme si c'étaient les siennes.

Deux semaines passent. Le jeune homme va mieux, mais il ne marche toujours pas. Laplaud est de retour. Il rapporte une caisse, de la part de Soledad et Gavril. À l'intérieur, de la poudre orange. Pour les explosifs. Le Français les met en garde : il faut entreposer le matériel avec le plus grand soin, à l'abri de la chaleur, éviter de le secouer. Luis leur expliquera comment s'en servir. José prend des nouvelles d'Inés et des autres. Tous vont aussi bien que possible, même si rien n'est rose non plus à Barcelone. Des lézardes fissurent le front républicain, ça inquiète le Français. José balaie ça d'un geste : les Européens vont venir à la rescousse, l'aviation française mettra tout le monde d'accord ! Laplaud est moins enthousiaste. C'est une partie de dupes entre l'Est et l'Ouest. Maintenant que l'or de la République espagnole a été transféré à Moscou, que l'Allemagne et l'Italie fascistes se sont engagées du côté de Franco, il y a fort à parier que les autres nations s'en laveront les mains. Même si ça lui crève le cœur de le dire. José ne peut pas y croire. L'Espagne plonge ses bras dans l'utopie jusqu'aux coudes, des régions entières se partagent la terre : le pays se tient au bord de la plus noble liberté. Laplaud sourit. C'est précisément pour cette raison que les États ne bougeront pas. Ce rêve-là, c'est leur cauchemar. Lui, il a une usine à Marseille. Une compagnie de fil de lin. Il a mis en place des mesures sociales — congés payés, restaurant d'entreprise, semaine de quarante heures. Est-ce que le gouvernement l'en félicite ? Honnêtement, il est pessimiste, même s'il ne lésine pas sur les efforts avec les siens pour que l'aide internationale s'enclenche. *Avec les siens...* Il n'en dira pas plus. Puis il s'enferme un moment dans la chambre avec Luis. Promet de revenir après Noël. Il emmènera le jeune homme à Marseille. Là, il l'emploiera dans sa filature. Le jeune Madrilène voit briller cette vie en bord de mer. Le quartier de la Pointe-Rouge, la manufacture et ses avancées sociales, ce sera beau comme un phalanstère. Puis il pense à Dolores qui restera, et soudain il se sent triste. En bas, Francisco beugle des insanités.

*

Un mois : c'est à peu près ce qu'il a fallu pour que le froid s'installe, avec sa cohorte de mauvaises nouvelles. Les revues de presse se font moins gaies, on s'agglutine près du feu, empile des couvertures. La voix d'Horacio manque d'allant. Des adolescents du coin ont voulu prêter main-forte aux républicains, ils ont rejoint la *Quinta del Biberón*, la « Classe du Biberon », une unité composée de jeunes engagés. Du front, on reçoit des lettres frappées de noir. Le fils d'Untel est mort, seize ans. Celui d'Untel, dix-sept. Dans la presse on commence à lire les mots de *massacres*, d'*exécutions sommaires*. Fin novembre, c'est le coup de grâce. Durruti meurt en défendant Madrid. Sa colonne est incorporée dans l'armée populaire de la République espagnole. Les libertaires sont alors sommés de se plier à la discipline militaire. Du côté du gouvernement d'union, ce n'est pas mieux : les camarades s'épuisent à trouver une juste place, essaient tant bien que mal de défendre les expériences collectivistes, mais ils subissent des pressions de toutes parts. Ça se dispute en haut lieu, se répercute sur le terrain. Au Castillo, les assemblées générales deviennent bruyantes, on insiste davantage sur les divergences que sur ce qui unit.

Pendant ce temps, Dolores remet Luis sur pied. Un matin, plein de gratitude, le Madrilène pose sa main sur la joue de la femme. Cela fait si longtemps qu'aucun homme ne l'a touchée, elle est troublée, repousse doucement le jeune homme.

À peine est-il d'aplomb qu'il demande à voir la caisse apportée par le Français. Il est temps que les paysans deviennent de vrais artilleurs. Il descend au garage, épaulé par Dolores. Les gars s'attroupent, écoutent ses explications. Il détaille la composition — nitroglycérine, terre de diatomée —, le fonctionnement — pas compliqué, il suffit de respecter quelques précautions. Les mots sont simples, efficaces, il sait de quoi il cause. Depuis la cour, Francisco les surveille en coin. La façon dont le type s'appuie sur Dolores, ça ne lui plaît pas. Vraiment pas. Ce *coño* ne lui barbotera pas sa femme sous son nez.

Toya, elle, n'a d'yeux que pour la poudre orange, elle voudrait plonger les mains dedans. On dirait du sable, une confiserie. Juan fait la moue. Tout ça va trop vite. Bientôt, on saura fabriquer des bâtons de dynamite avant d'être capables de se mettre d'accord. Autour de la caisse, il en compte déjà trois qui seraient foutus de se balancer des explosifs à la figure pour des clopinettes.

*

Toya est perchée dans un olivier, elle s'accroche, se contorsionne pour scier les branches qui pendent, élaguer celles qui encombrent l'intérieur. Elle se souvient de ce que Pepe disait, *Il faut qu'un oiseau puisse traverser l'arbre.* Alors elle coupe, cisaille, gestes brusques, agacés, elle a mal dormi, encore l'un de ces cauchemars. Consciente qu'elle ne retrouverait pas le sommeil, elle est descendue boire un bol de café, a claqué la porte dans le piquant du jour. La veille, Horacio est parti avec José et deux autres camarades. L'avocat s'est mis en tête de récupérer des détonateurs, ils sont allés voir du côté d'Amposta. Toya a guetté leur retour, mais à la nuit tombée, ils n'étaient toujours pas là. Assise sur le rebord de la fenêtre, elle a longuement fixé la plaine, espérant y voir apparaître les yeux jaunes de la voiture. Elle a imaginé sa progression lente, le faisceau cahotant, s'est figuré le bruit du moteur dans la cour. Las, le delta est resté noir et bleu.

Des nuages de buée se forment à chacune de ses expirations, elle s'étire à l'extrême pour saisir une branche, comme si le danger pouvait éloigner l'inquiétude, l'effort dissoudre l'obsession. Peine perdue, l'angoisse s'est inoculée sous sa peau, elle lui susurre qu'ils ne reviendront pas, qu'ils ont été pris dans une embuscade. Toya chasse les images qui se logent sous ses paupières : les hommes tirés hors des camionnettes, tués d'une balle à bout portant, les survivants passés à la baïonnette ou précipités du haut d'un pont. Toutes ces atrocités, elle les a entendues, à la veillée, lors des revues de presse. Elle respire vite — nuage de buée —, c'est aussi ça, l'amour — nuage de buée —, de l'inquiétude à vous dénuder les sentiments. Toya ne peut se mentir : elle aime Horacio, dans sa chair. Pire qu'une morsure. Et de continuer d'élaguer, comme si elle pouvait s'amputer de ce qu'elle éprouve en sciant les branches mortes.

Tard dans la matinée, les hommes rentrent. Elle entend claquer les portières, se rue. Elle déboule dans la cour, pantelante, les joues rosies par le travail, le visage tiraillé par l'attente. Ils sont là, tous les quatre, sains et saufs. Heureux d'avoir trouvé ce qu'ils cherchaient, contents de la soirée passée avec les camarades de la CNT. Ils ont chanté *Hijos del pueblo*. Le vin a donné du cœur, de la légèreté, et puis les femmes étaient belles, c'est José qui ajoute ça, en grognant de plaisir, et soudain Toya a chaud — nuage de buée —, elle étouffe — nuage de buée —, la jalousie l'empoigne, et elle se sent tellement stupide, tellement naïve, qu'elle s'enfuit en courant.

*

Les semaines suivantes, elle fait tout pour éviter l'instituteur. Las, loin de lui, son ventre se tord. Alors elle s'abîme à la tâche. Rien n'y fait. Partout elle voit Horacio. Au fond des paniers, dans les sacs de riz, dans le pourtour des nuages. Juan ne peut l'ignorer, Toya ne va pas bien. Il voudrait savoir comment réagir, en appelle à sa regrettée femme. Pilar saurait. Elle ne se précipiterait pas, ferait un geste pour dire, *Viens*. Ensuite, elle préparerait un bon plat, quelque chose qui réchauffe au-dedans. Une *zarzuela*, avec ses moules, ses langoustines et tout le toutim. Elle poserait l'assiette sur la table sans rien dire. Il y aurait la fumée qui s'échappe, les parfums emmêlés — tomates, encornets, bouquet garni —, ils diraient les heures passées à éplucher, dépiauter, l'envie de faire plaisir. Peut-être que Pilar regarderait Toya manger, ou bien elle en profiterait pour laver la casserole. À la fin elle essuierait ses mains contre son tablier, s'assiérait, *¿ Qué pasa pequeña ?* Juan en est sûr, sa fille parlerait.

Toya finit sa tasse de café, et son père la regarde s'emmitoufler avant de sortir. Horacio ne se débrouille pas mieux. Il a vu les cernes de la jeune fille, ses façons fuyantes, il n'est pas idiot. Toutefois — pudeur, peur ? — il ne bouge pas, continue à faire classe, *Tournez la page les enfants,* lit les journaux pour la revue du soir, tout en sachant au fond de lui qu'il laisse filer le plus précieux entre ses doigts.

Laplaud revient à la fin du mois de janvier. Totalement remis, Luis participe aux travaux des champs. Les paysans l'ont adopté, c'est un bon travailleur, avec ce qu'il faut d'humour pour adoucir le labeur. Quand la voiture du Français se gare, Dolores serre le petit contre son sein, glisse un regard par la fenêtre. Laplaud arbore sa belle moustache de Gaulois, secoue chaleureusement la main des uns, celle des autres. Luis lève discrètement la tête vers le Château, aperçoit du mouvement derrière les rideaux. Il sait que Dolores est là-haut, qu'elle pleure en secret. Francisco, lui, se réjouit dans son coin. Bon vent *bastardo !* Avec un peu de chance, il se fera pincer au col du Perthus. Ce sera dans le cul, Lulu.

Le départ est fixé au lendemain. On prépare un dîner de choix. Tout le monde met la main à la pâte. Javier a rapporté du boudin noir de chez ses cousins, une jolie poularde. Il tranche le premier, plume la seconde. Toya descend chercher un beau morceau de lard dans le saloir, le plonge dans l'eau bouillante, y ajoute les poireaux, les carottes, les navets. Elle mettra les pommes de terre à la fin, *Pour que le plat se tienne*, voilà ce que disait Pilar. On a dressé une grande table dans la salle à manger ; les gamins courent autour comme si c'était Noël. José a sorti une bouteille de rhum des réserves du Marquis. Laplaud tourne son verre à la lumière des lampes-tempête ; sur les bords, le liquide produit de longues jambes tant il est épais. L'avocat flanque d'office un verre dans les mains de Toya, *Les femmes sont des camarades comme les autres.* Elle renifle l'ambre parfait, observe la pellicule à la surface. Ça lui grimpe directement dans les narines, pire que la moutarde. Puis viennent les notes de bois — foin, céréales —, celles d'épices — poivre, muscade, avec cet arrière-goût de cuir, elle ne sait pas bien —, maintenant ça fait des nappes chaudes dans sa bouche, le long de sa gorge ; deuxième lampée, ça tangue légèrement, Toya ferme les yeux, bercée par la voix du Français qui flotte parmi les autres.

Quelques bribes surnagent, *bombardement, faire face, courrier intercepté*, mais dans la douceur de l'ivresse, rien ne semble grave. Horacio passe derrière elle, laisse traîner ses doigts le long du dossier, elle bascule sa tête en arrière, et l'instituteur reste sans bouger, les mains dans la chevelure de la jeune femme. De la soirée, Toya gardera une impression orangée de chaleur, de frôlement. Elle oubliera tout ce que Laplaud a dit, toutes ses mises en garde. Il craint une offensive par la mer. Les Italiens contrôlent le littoral catalan, et les avions nazis de la légion Condor viennent d'être bénis aux Baléares. Ça pue l'attaque à plein nez. Si d'aventure les choses tournaient mal, il faudrait qu'ils le contactent. Il trouverait un moyen de leur faire passer la frontière. En France, il les accueillerait dans son usine. Les hommes ont écouté, pris note. Laplaud n'est pas dupe, il sait qu'aucun ne quittera le delta. Les paysans se battront jusqu'au bout. *Tierra y libertad*: l'une ne va pas sans l'autre.

*

Au petit matin, la voiture de Laplaud n'est plus là. Il y a de la mélancolie dans l'air, ça plane mais on ne s'appesantit pas. On savait que Luis partirait, pourtant, on s'était attaché. Il faut attendre l'heure de la sieste pour que des cris retentissent.

Francisco a dû renifler la chose, il a débarqué dans la chambre de Dolores, a écarquillé les yeux devant le lit du petit et les placards vides. Les battants de la porte volent, il fouille partout, *¡ Ella no hizo eso !*, pendant que Dolores file au loin, ses cheveux emberlificotés à ceux de Luis à cause de la vitesse. Elle tient le gamin serré sur ses genoux, et cette image — le Madrilène lui volant sa femme et son fils — concasse le cervelet de Francisco, elle emporte ses derniers lambeaux de raison. Il empoigne la première chose qui lui passe sous le nez, un bougeoir, et déboule dans la salle à manger. Tous des traîtres ! Ils étaient au courant, *¡ Traidores !*, il va foutre le feu ! Et Francisco écume de rage, s'épand en filet de bave et de morve. Tout le monde se fige. Lui va et vient comme les mouches se cognent aux vitres, finit par s'affaisser, et s'enroule sur lui-même, misérable cagouille.

En fin d'après-midi, il se relève. Les pleurs ont dessiné des coulées noires de poussière sur ses joues, et il bégaie, *Traido... traidores...*, titube vers les oliviers, yeux hagards. Les paysans débattent longuement. La peur leur commande d'agir : il faut présenter Francisco devant un tribunal populaire ! Vrai, il devient trop dangereux. Juan se dresse, droit sur ses jambes, *¡ Silencio !* Ordre sec, sans détour. Ils ne sont pas des hommes, ceux qui parlent ainsi. Tout le monde se tait. Horacio murmure que Juan a raison, *Un frère n'est* *jamais un ennemi.* José se tourne vers lui : c'est pas possible de ressembler à un curé comme ça ; si la révolution devient aussi chiante que la messe, il préfère encore aller boire des coups ! Toya est assise dans un coin, elle gratte machinalement un joint de carrelage, s'arrache un bout d'ongle. La joie de la veille, cette sensation solide et volontaire d'appartenir à une famille, elles semblent bien loin.

La première nuit, ils restent sur leurs gardes. La deuxième aussi. Mais Francisco a disparu. Un jour, un paysan dit l'avoir aperçu du côté des marais. On plaisante : des fois qu'il s'acoquine avec Maria ! Un gars fait semblant de prier, *Pourvu qu'ils ne fassent pas de gosse !* Ramón y va de son petit commentaire, *Pas d'inquiétude, les gosses, Maria, elle les tue.* Personne n'ose regarder Juan, mais chacun pense à ce qu'il peut ressentir. Horacio guette la réaction de Toya. Elle fixe l'imbécile. Ses mots, elle voudrait les lui faire bouffer. L'instituteur pose une main sur l'épaule de la jeune femme. Un geste simple, d'empathie, c'est ainsi que tous l'interprètent. Sauf Horacio et Toya, paralysés, comprenant, au contact de l'autre, qu'on peut prendre feu de l'intérieur.

*

Installées côte à côte dans la serre, Toya et Leocadia ont fini de trier les graines de haricot, décrochent une gerbe d'œillets mis à sécher sous le toit, histoire de s'accorder un peu de plaisir. Ça rend gai, les fleurs, et puis la révolution, ça devrait pas être austère, on en a soupé de la pénitence. À ce propos, c'est pas pour dire, mais il se privait pas, le padre Miquel, fallait voir le jardin du presbytère, avec ses touffes grasses de thym, elles devaient finir en liqueur, de toute façon, les curés c'est tous des ivrognes, ce qu'est pas plus mal, ça les empêche de bander, sans quoi ils trousseraient une chèvre. La petite bouche de Leocadia pépie tandis qu'elle s'applique à détacher le pédoncule des fleurs séchées, à les froisser jusqu'à ce qu'en sortent les graines oblongues. Toya laisse dériver ses pensées. Elle songe à Horacio qui fait classe : il tourne les pages d'un cahier en frôlant le papier, ce doit être doux sur la peau. Toya n'entend plus Leocadia ; les doigts de l'instituteur l'étourdissent, leurs corps roulent dans le foin, et le désir bourdonne à ses oreilles, volée de hannetons. Ce vrombissement, elle n'est pas la seule à le percevoir. Leocadia s'est arrêtée de trier, elle tire sa compagne par la manche. Sa petite bouche s'affole, *Qu'est-ce que c'est ?* Elle répète, *Mais qu'est-ce que c'est ?* Le bruit enfle, grossier, métallique, il arrache Toya à sa rêverie. Les deux femmes fourrent les graines d'œillet dans leurs poches, et sortent. Cinq ventres d'acier survolent la mer, droit sur le Château. Jamais elles n'ont vu pareille escadrille. Des oies géantes.

Même Leocadia n'a pas de mot. Soudain des hurlements, *Tous aux abris !* Mais déjà les premiers tirs de mitrailleuses piquettent le jardin. Les lignes parallèles pulvérisent pots, statues, ceps de vigne, les branches de buis éclatent, l'écorce des bougainvilliers vole en éclats. De partout les paysans détalent à l'aveuglette, se protégeant misérablement la tête avec leurs mains. Ici un corps s'affaisse. Là un autre. Les plus chanceux parviennent à gagner les marais, d'autres se tapissent contre les oliviers. Quelques fous se ruent dans le Château, décrochent leur fusil, ils veulent combattre, mourir en braves. Toya ne réfléchit pas, elle s'engouffre à leur suite, appelle Horacio, le supplie de répondre. En vain. Elle aperçoit trois paysans planqués derrière les fenêtres, trio insensé pensant qu'on peut abattre un bombardier à coups de pétoire. C'est alors que le premier obus s'abat. Tout le Château s'ébranle, Toya regarde l'aile ouest s'écrouler, dévale les marches jusqu'à la cuisine, dégringole celles de la cave et se jette par la trappe. Elle court dans le noir, comme une dératée, priant à chaque explosion pour que la structure tienne. À mesure qu'elle progresse, les secousses se font moins brutales, le bruit moins assourdissant. Elle ralentit, hors d'haleine. Voilà que des mains s'agrippent à elle, nombreuses, petits doigts craintifs, accompagnés de couinements. Ce sont les enfants qui pleurent, blottis en nichée autour d'Horacio.

Toya reconnaît son odeur. Pour ne pas les effrayer, elle prononce son nom. José, Javier, Magdalena sont là également. Eux aussi prononcent leur nom, comme pour se prouver qu'ils sont encore vivants. Dans cette obscurité irréelle, Horacio plaque sa bouche contre celle de Toya. Souffle de muguet, flot d'hirondelles.

À cette heure, Juan est au champ, une dizaine de gars avec lui. Ils curent les canaux d'irrigation. Quand il aperçoit la ferraille qui crache son feu, qui pilonne le Château, il lâche sa cigarette. Ce n'est pas possible, Toya ne peut être là-bas, ses amis non plus. Ils n'ont pas le droit de mourir comme ça, sous les bombes, alors qu'eux assistent au massacre, impuissants.

*

Les avions détruisent tout, et repartent. Bientôt il ne reste que le son des pierres qui s'écroulent. Depuis les rizières, les paysans accourent. Ce qu'ils découvrent, une vie ne suffirait à l'oublier. Le premier corps sur lequel ils tombent, c'est celui de Leocadia, gisante, bouche ouverte. N'était le trou en plein milieu de son front, on pourrait croire qu'elle s'apprête à demander une dernière fois, *Mais qu'est-ce que c'est ?* Ils avancent, foulent les décombres en comptant les cadavres. Du Château il ne subsiste quasiment rien, et dans ce rien, on reconnaît la chemise de Manuel, le béret de Jaume, les corps confondus aux gravats. Remontées des marais, les épouses s'arrachent les cheveux, se frappent la poitrine ; certaines plongent les mains dans cette charpie. Ramón hurle, *¡ Magdalena !* Devant tant d'horreurs, Juan voudrait fermer les yeux, mais il doit trouver Toya, affronter le cauchemar.

Un bras émerge des débris. Cette manière de remuer, ce boudiné, ils sont si familiers. *¡ José !* L'avocat crie au secours, s'étouffe. On se rue, déblaie comme des chiens, à s'écorcher le bout des doigts. José est tiré des pierres qui obstruent l'ouverture de la trappe. Il voudrait parler, dire qu'en dessous, d'autres attendent dans la galerie, qu'ils sont sains et saufs, mais il crachote, chuinte, en proie à une crise d'asthme. On l'assoit, le calme. Une autre main se tend. Minuscule. Exclamations de joie. Un premier enfant est sorti. D'autres suivent. Un à un, les bambins sont extirpés. Il faut voir le visage des mères qui s'illumine, de la lumière brute. Une fois dehors, le petit Pablo cherche la sienne. L'enfant ânonne, *¿ Mamá ? ¿ Mamá ?*, se met à courir, en appelant partout, *¡ Mamá ! ¡ Mamá !*, et quand il trébuche sur le cadavre de Leocadia, quand il s'effondre à ses pieds, la suppliant de se réveiller, s'acharnant à la relever, on comprend que plus jamais rien ne sera comme avant. Les rêves ne sont pas des canards qui continuent de courir après qu'on leur a coupé la tête. L'image de ce petit garçon essayant de ranimer sa mère, elle casse Juan en deux. Il pleure, hagard, n'entend pas les autres qui le rassurent — Toya est en vie, elle était avec les petits —, il pleure Leocadia, il pleure Jaume, il pleure Manuel et tous ceux tombés ce jour : plus que des amis, ils étaient ses frères, ses sœurs. Et quand Toya se dégage, elle a à peine le temps de le rattraper qu'il s'évanouit.

*

On ne peut vivre dans les cendres. Les hommes vont s'occuper des dépouilles pendant que les femmes et les enfants se replieront à l'école. C'est Horacio qui propose cette solution. On sera serrés mais on tiendra tous. Personne n'imagine rentrer chez soi. Le souffle des autres, ce corps commun, voilà ce qui leur reste. Plus tard, on réfléchira. Au gouvernement de Catalogne, entre autres. Il sautera sur l'occasion : depuis l'automne, les communistes se sont alliés aux modérés, ils s'emploient à commuer les collectivités en municipalités. Quand ils apprendront que le Château a été détruit, ces traîtres feront tout pour dissoudre la communauté du Castillo. Mais tant qu'on n'a pas enterré les morts, tant qu'ils n'ont pas été dignement pleurés, l'avenir n'existe pas. Pour l'heure, le seul ennemi, c'est la peine.

Horacio allume le poêle avec de vieux journaux, aide à faire à manger. Il n'y a que deux casseroles, quatre assiettes. Ce dénuement achève ce qui subsiste de courage. Les femmes n'osent le dire, mais elles n'ont plus envie. Tard, les hommes reviennent, et s'écroulent à même le sol. Ils savent que le sommeil n'aura rien de réparateur, qu'il rameutera visions et cauchemars. Il faudra braver les corps morcelés et les bouts d'os.

Dans l'ombre, Toya observe le visage de son père. L'arête de son nez, cette beauté aride. De temps en temps, il tressaille. Elle voudrait alléger sa peine, poser sa main sur son front, mais il se détourne. Chaque fois qu'elle ferme les yeux, le bourdonnement des avions la tyrannise. Elle se bouche les oreilles, cherche une meilleure position. Magdalena s'agace. Bon sang, qu'elle arrête de se tortiller. De guerre lasse, Toya enjambe les corps et descend dans le jardin. Elle aperçoit les ricochets de la lune sur la mer, remonte le col de sa veste.

*

Elle ne l'a pas entendu arriver. Il l'entoure de ses bras, plonge son nez dans son cou. Le visage d'Horacio est barbouillé de larmes. Lui non plus n'arrive pas à dormir. Il dit, *Ta ligne d'oiseau*, puis, *Le fruit de ta bouche*, et chaque fois il dépose un baiser sur son dos, ses lèvres, la fait tourner, l'aime comme il jouerait de la musique, un morceau à la fois désespéré et infiniment gai, pour lutter contre l'abîme. Des notes de piano dégringolent quand il la couche par terre, elles couvrent les bombardements de l'après-midi. En se nouant, leurs corps éloignent l'acier, et Horacio parle, parle, *Tú eres la vida, la otra mitad del mundo,* embrasse le ventre de Toya, recommence, *La vida absoluta,* sa voix est foudre, berceuse, Toya palpite sous ses doigts, crépitement d'étoiles, ce sont les graines d'œillet qui s'échappent de ses poches, Horacio en constelle leurs cheveux, divague, *Nous sommes des fleurs,* Toya attrape son visage pour le calmer, il va prendre feu à force de dire n'importe quoi, fou, toupie, perroquet, elle mord ses lèvres, *Chut,* glisse sa langue, *Chut.* Au loin, la mer répète en roulant ses cailloux, *Chut.*

Toya n'a plus ni froid ni chaud, elle se tient face aux flots, regarde Horacio qui plonge dans les petites vagues. Elle n'a pas voulu le rejoindre, préfère contempler le corps de celui qu'elle aime dans cette immensité. Le jour point à l'horizon, c'est poussin, tout doux, crème. La jeune femme a cette pensée : si les avions revenaient, là, maintenant, s'ils violaient l'aurore, elle ne bougerait pas.

Horacio sort de l'eau, couvert d'écume, il se presse en tremblant. C'est le plus beau jour de sa vie, il se fait horreur de dire cela, et mêle un peu de sel à ses baisers. Après avoir enfilé ses vêtements, il se tourne à moitié trempé vers Toya.

Plus rien ne peut être grave. Des matins comme celui-ci, ils en connaîtront d'autres. Les premiers oiseaux migrateurs reviennent, *Regarde,* et il lui montre une sterne, *une messagère du printemps.* Il saisit sa bien-aimée, *Le vent tourne, mi pájaro,* puis la repose sur le sable, s'excuse, *Pardon, pardon,* il délire mais c'est à cause d'elle. Toya clôt ses paupières, s'enroule dans le vent, la folie, ce sont des guirlandes, l'amour et l'espace la font tanguer. Elle s'assoit pour éviter de tomber. Il se colle à elle, observe la sterne minuscule picorer on ne sait quoi. Elle revient d'Afrique, quelques dizaines de grammes suffisent pour traverser la mer. Ils ne sont pas plus gros, les anarchistes. Eux aussi ont des ailes. Toya aime ces mots. Elle veut attendre le soleil, faire un vœu quand il émergera à l'horizon. Mais Horacio claque des dents, il a vraiment trop froid, doit rentrer se changer ; et il couvre son visage de baisers, *À tout à l'heure, mi pájaro,* l'embrasse encore, coquillages tendres, *Reviens-moi vite.* Elle reste face à la mer, sourit en entendant ses pas s'éloigner, bécots sur le sable.

Le soleil finit par jaillir, triomphant. La sterne s'envole dans cette gloire. Toya fait un vœu, puis prend le chemin de l'école.

*

Elle perçoit d'abord le bruit des moteurs, distingue ensuite les bâches. Toiles grossières, lettres peintes en grand sur la carrosserie, CNT. Des hommes font monter les femmes, les enfants ; les véhicules s'ébrouent, prennent la route. Que se passe-t-il ? Des camarades arrivent sûrement à la rescousse, ils ont eu vent des bombardements. Peut-être le Français ? Gavril et Soledad ? Toya se hâte. Mais à mesure qu'elle avance, une inquiétude l'étreint. La jeune femme n'aperçoit aucun des hommes. Seraient-ils déjà partis ? Elle est saisie de panique, se met à courir, veste serrée contre elle, comme si le tissu pouvait retenir les caresses et la nuit. Tandis qu'elle court, les graines d'œillet retenues dans sa chevelure s'échappent. Et puis soudain, elle les voit. Les paysans sortent de l'école. Ils avancent, mains en l'air, poussés par des types en armes. En queue de peloton, José, Juan et Horacio. Le sang tombe dans les jambes de Toya. Les nationalistes ont percé la zone républicaine, ils se sont fait passer pour des anarchistes, viennent finir le travail des bombardiers. Mais il y a pire que les soldats déguisés, pire que le canon de leurs fusils, il y a cette silhouette qui clôt le cortège — la jeune fille la reconnaîtrait entre mille, un pied devant l'autre, cadence dégueulasse. Avec ses alanos tenus en laisse, Carlos dirige l'opération.

Elle se faufile, se camoufle de taillis en taillis, course la colonne à distance et frissonne quand les prisonniers entonnent *Hijos del pueblo.* Les soldats les frappent à coups de crosse. Mais les hommes s'entêtent, *Antes que esclavo, prefiere morir.* Parmi les voix, Toya s'accroche à celle de José, celle de Juan, celle d'Horacio. Gouaille, fermeté, espoir. Ces hommes — son ami, son père et son amour —, elle les aime par-dessus tout, ils ne peuvent pas mourir, ce sont des sternes, ils vont s'envoler, Horacio l'a promis. Mais un oiseau ne pèse pas lourd face aux fusils. Dans le virage, les soldats font aligner les captifs. Pas de lien, pas de sac sur la tête. Certains lèvent le poing. Toya se ramasse derrière un bosquet. Puis c'est la première détonation. Javier tombe. Les autres continuent de chanter, *Levántate, pueblo leal.* Deuxième coup de feu. Martín s'effondre. Toya s'efforce de garder les yeux ouverts. À chaque déflagration, le chœur reprend. Bientôt ne restent plus que José, Juan et Horacio. Ils chantent face à leurs bourreaux, et Toya mêle ses larmes aux paroles, *Al fuerte grito de la libertad,* c'est peut-être cela, le courage des oiseaux. Dans un geste de désespoir, elle attrape une pierre. Au moment où elle lève la main, Carlos dit quelque chose à l'oreille du caporal. Les gardes baissent leurs canons. Un instant, Toya s'accroche au vertige que, peut-être, le destin n'est pas scellé. Quand elle s'apprête à détendre ses muscles, Carlos s'accroupit. Toya ne discerne pas bien, elle entend seulement José qui implore, secoué de terreur, *Non, pas comme ça ! Pitié, pas comme ça !* Alors elle comprend. Le petit marquis a affamé ses chiens, il va les lâcher. L'avocat claque désormais des dents, incapable d'articuler quoi que ce soit. À côté, incroyablement droit, Juan reprend, suivi par Horacio, *Fuerte unidad de fe y de acción.* D'un geste flegmatique, Carlos libère les molosses. Leurs griffes lacèrent la terre, lèvent un nuage de poussière. Toya n'y voit plus, mais la voix d'Horacio lui parvient, pulvérisant l'horreur, *¡ Tú eres la vida !* Elle a dû lancer la pierre, crier, elle n'est sûre de rien sinon qu'à l'instant où les chiens se jettent sur les prisonniers, une forme apparaît derrière le talus. C'est Francisco, géant, rédempteur, qui brandit un bâton de dynamite. Il hurle qu'un homme doit mourir en homme, et se fait sauter au milieu des siens. Ceinturée par les soldats, Toya a juste le temps d'entrevoir Carlos qui frétille au sol parmi les corps déchiquetés. Il appelle sa mère, *¡ Mamá !*, jambes moitié arrachées, *¡ Mamá !* Puis c'est la bâche, le noir et le roulis de la ferraille.

Il y a ensuite la route interminable et les larmes.

Il y a le corps contre l'acier.

Il y a les gestes sans ménagement des soldats, l'écuelle balancée comme à une bête.

Il y a la prison et les jours sans manger.

Surtout il y a l'esprit qui chancelle, ses précipices.

*

Où est-elle ? Où l'ont-ils emmenée ? Ils ont roulé longtemps. Elle est seule dans sa cellule, tout juste un trou creusé à même la pierre. Et dans ce gouffre il existe un autre gouffre, bien plus dangereux, au bord duquel elle se penche. Plus rien ne la retient. Pourtant, malgré les coups de tête donnés contre les murs, malgré l'anéantissement, Toya ne meurt pas. C'est à devenir folle. Elle l'est d'ailleurs à moitié, tourne, vire, un animal. Parfois, elle imagine qu'Horacio lui souffle à l'oreille, *Tú eres la vida.* Ne sait plus s'il s'agit d'une formule magique ou d'une malédiction. Derrière l'épaisseur des parois elle n'entend pas le cri des oiseaux. Il n'existe aucune saison. Seulement l'enfer. Puis un jour, cette pensée la traverse : il lui reste une chose, oh, un petit rien. Elle a son chagrin en héritage. Alors elle se met à le soigner, mange et boit ce qu'il faut pour tenir. Elle devient la gardienne du souvenir. Tant qu'elle existera, tant qu'elle pleurera les siens, ils n'auront pas complètement disparu.

Un matin, elle vomit. Et le lendemain, encore. Au bout d'une semaine, elle ne peut l'ignorer : le sang a cessé de couler entre ses jambes. Toya est abasourdie, pleure de joie, de tristesse, tout se mélange. Dès lors elle s'accroche à l'enfant à venir, à cette créature minuscule capable de résister aux tempêtes et aux privations. Sa petite sterne. Elle l'appelle, *Mi pájaro*, l'aime avant de la connaître, lui raconte le delta, les rizières, le clapotis de l'eau contre les berges et les cieux qui s'étirent. Elle lui récite la recette de la *zarzuela*, celle du *chapadillo*. Parfois, elle dresse la table sous la pergola, fait s'échapper des rires ; ceux de Pilar, de Juan, *su abuela y su abuelo*. Elle remonte le fil du temps, narre l'épopée des siens, le premier jour où Horacio, *su papá*, a débarqué chez eux, ce vent dans les cordages, ce souffle de caravelle. Elle berce l'enfant dans son ventre, lui fredonne des airs, peuple l'obscurité de lumière. Petit à petit, Toya se relève.

Bientôt, la prisonnière ne peut plus cacher sa grossesse. Ses geôliers l'attrapent sans égard, la montrent à une sœur. *La puta s'est fait engrosser.* Toya serre les jambes, elle ne veut pas qu'on la touche. La religieuse la force à écarter les cuisses, lui dit, *Ton corps ne t'appartient pas*. Les semaines suivantes, Toya s'acharne à chasser ces mots, s'obstine à ne pas comprendre ce qu'ils signifient.

Dès les premiers hurlements, la nonne descend dans la cellule, assiste Toya pendant la délivrance. Une petite fille. La sœur n'a aucun geste de compassion, pas la moindre parole de réconfort. Elle est là pour l'enfant. Il est à eux. Là-haut, elle tient un registre. Le nom de familles franquistes. Des gens qui n'attendent qu'une seule chose : avoir un bébé. *Los señor y señora Ortega* lui ont fait la meilleure des impressions. Ils élèveront la petite en digne créature de Dieu.

*

Toya ignore depuis combien de temps elle est enfermée, combien de temps encore elle le sera. Elle ignore tout des guerres intestines qui lacèrent le flanc de la révolution, tout des trahisons et des machinations politiques. Elle n'assiste pas plus à la chute des idéaux qu'à la victoire de Franco. Des sévices qu'il inflige à l'Espagne, elle ne saura rien. Rien de la fosse commune où on jette le corps des siens après leur exécution. Rien du goudron qu'on coule pour celer le charnier. Elle n'entend pas plus les gémissements de Carlos dans les jupes de sa mère — à pleurnicher sur ses pauvres *toutous* — que le bruit de ses jambes de bois qui claquent à chacun de ses mouvements. Les hurlements de la Marquise ne lui parviennent pas non plus lorsque doña Ibáñez reçoit cette lettre du front et pleure davantage de honte que de tristesse. Son mari est mort en changeant une ampoule du mess des officiers.

Depuis ce jour où son bébé lui a été arraché, Toya survit. Elle s'agrippe à cette idée : dehors, elle ne sait où, une petite fille boit des biberons, apprend à dire ses premiers mots, *Mamá, Papá.* Toya se moque qu'elle les adresse à une femme et à un homme qui ne sont pas des siens, cette enfant existe, elle fait ses premiers pas, de temps en temps vacille, chute, se redresse, asperge la bonne qui lui donne son bain. Toya tient le coup en remplissant la cellule du rire de cette fillette, des multiples visages qu'elle lui prête, et qui se superposent au gré du temps à celui d'Horacio — couleurs tendres, bleu pâle, beige sable. Dans cette lutte contre l'oubli, la pierre bruisse de fantômes, de mots qui résonnent, *Tú eres la vida, la otra mitad del mundo.* Horacio avait raison : Toya est une petite sterne capable de traverser les murs.

*

Le matin où le garde ouvre la porte et l'attrape par le col, le matin où il lui fait monter les escaliers en colimaçon, la libère comme on foutrait quelqu'un à la porte, les années ont blanchi ses cheveux, dégraissé son corps jusqu'à l'os. Toya n'a pas atteint le mitan de sa vie qu'elle ressemble déjà à une vieille. Elle avance dans les rues d'une ville inconnue, éblouie par la lumière crue, avec cette unique pensée en tête : que les anguilles cherchent toujours à revenir là où elles sont nées.

La plupart du temps, elle marche en bord de nationale. Quelquefois, une bonne âme lui fait faire un bout de chemin en voiture, en camionnette. Elle vole des fruits dans les vergers, des légumes dans les potagers ; quand le jus coule sur son menton, elle se rappelle José en route pour Barcelone.

Enfin, elle l'aperçoit : la colline se dresse face à elle dans le poudroiement du soir. La chaussée a été bitumée, qui sent l'huile de cade. On a installé un garde-fou. Au village, les gens murmurent sur son passage, les volets claquent. Toya n'y prête pas attention, elle avance, aimantée par l'asphalte, n'a d'yeux que pour le virage, au bout. Quand elle arrive là où les hommes ont été tués, elle pose sa main sur la route.

Je suis revenue.

Longtemps elle reste ainsi, à regarder autour d'elle, à se remémorer ce que le delta fut, à contempler ce qu'il est devenu. Son cœur s'emballe quand elle se tourne vers les salines : l'école, les baraques, tout a été déserté, mais ici ou là, des taches rouges crèvent les pastels décrépits. Les œillets continuent de pousser, ils dessinent le chemin que jadis, Horacio et elle foulèrent jusqu'à la mer. Elle traverse les lieux comme elle traverserait ses souvenirs. De temps à autre la croûte du goudron se soulève, cuite par le soleil. Dessous, le passé respire.

Au fond des marais, la chaumine de Maria barbote dans l'eau saumâtre, la chaux verdie par l'humidité, les joncs toujours des joncs. L'aïeule est assise sous l'auvent. Quand elle aperçoit Toya, elle dit simplement, *Je t'ai gardé la boîte, tu pourras venger les tiens.*

Luz n'a pas réussi à trouver le repos. Face à la fenêtre, face aux bassins qui se chauffent aux lueurs d'automne, elle remâche les paroles de Toya. Les époques se tressent, les destinées aussi, et tout afflue ici, dans le delta. La veille, sous le choc, elle n'a pas osé interrompre le récit. Elle a pourtant tellement de questions à poser. À commencer par cette idée, qu'elle ne peut s'ôter de la tête. Elle aimerait tellement y croire. Il suffirait de connaître une date. Celle du jour de l'accouchement. Aura-t-elle le courage de demander ? Et puis Luz pense à cette boîte en fer que Toya a cachée à son retour, à ce billet de bus. Ce serait donc elle qui aurait empoisonné la *zarzuela* de Carlos ? Ses mots lui reviennent alors, *Je peux mourir tranquille maintenant. Ça ne tardera plus.* Un frisson lui fige le sang. Elle a soudain froid, terriblement, claque la porte, enfourche son vélo et pédale, le cœur au bord des lèvres. Des icebergs s'écroulent dans sa poitrine, c'est tranchant, glacé, non, pas là, pas maintenant !

Quand elle pousse le rideau de la chaumière, ses mains tremblent. Tout est parfaitement rangé. Aucun bruit. Elle reste plantée sur le seuil, incapable du moindre mouvement. Ce qu'elle va découvrir, elle refuse d'y croire.

Un petit vent pénètre dans la pièce. Son haleine de terre et de mer enveloppe la jeune femme. Il est chargé d'odeurs de brindilles et de retenues d'eau, de travaux besogneux et de chants dans les plaines. Il vient de loin, par-delà le temps et l'horreur, souffle, *N'aie pas peur*, avec la douceur réconfortante d'une voix maternelle. Alors Luz avance, chancelante.

Toya est allongée sur le lit, son harmonica dans une main. On la dirait assoupie. Sur la table de chevet, un bouquet d'œillets fraîchement cueillis. Luz se précipite, attrape les doigts de la gisante. Rigides. Elle s'écroule et pleure. Longtemps, obstinément. Jusqu'à la nuit.

L'obscurité venue, elle sèche ses larmes. Elle seule peut faire ce qu'il y a à faire.

Attraper une lampe de poche.

Attacher la petite remorque au vélo.

Récupérer une pelle.

Prendre le bouquet.

Charger la dépouille.

Et pédaler.

Luz sait exactement où elle va. Elle traverse le

delta, encouragée par les ombres, et à mesure qu'elle s'approche, les questions sans réponse lui semblent plus légères, son corps s'affermit. Dans le virage elle s'arrête et enjambe le garde-fou. C'est là qu'elle va creuser.

*

Elle a lancé la dernière poignée de terre. Au loin, l'embouchure du delta frissonne sous la lune. L'eau douce se dilue dans l'eau salée, Luz imagine qu'il en va ainsi lorsque la vie se mêle à la mort. On rejoint quelque chose de plus grand. Elle détache les fleurs fanées, les remplace par le dernier bouquet confectionné par Toya. Ses doigts ne tremblent plus. Au village, personne ne saura que la femme aux fleurs est morte. On continuera de la croire au fond des marais, à pêcher ses anguilles. Tant que Luz viendra accrocher des œillets, Toya sera vivante. Elle atteindra cent ans, peut-être cent trente. Deviendra une légende.

Les fleurs disent cela. Qu'on ne balaie pas une vie si facilement. Des choses résistent. Petites, fragiles. Le sourire d'Horacio, par exemple. Chaque brise en ranime la tendresse. Carlos a échoué : il a exécuté l'instituteur sans réussir à le tuer. Les œillets continueront de parler. Ils diront qu'ici, sous le bitume, des hommes gisent. Aucun macadam ne cèle les charniers. Aucune fosse commune n'indifférencie les os. Il y avait Horacio, il y avait Juan, il y avait José et les autres. Les voitures pourront rouler mille et mille fois sur eux, les fleurs clameront, *Nous avons la mort fière, vous ne pouvez nous effacer.*

Luz garde les yeux fermés, elle se tient droite, petite note sur une partition nue. Elle n'a plus peur. D'autres la rejoindront. Il y aura les vivants, Marta, Paco, et il y aura les morts. Ils sont déjà là, qui flottent autour d'elle. Le vent soulève son chemisier. Un souffle doux, la caresse d'un fantôme.

MERCI

À Stéphane, Louison et Violette, eux seuls savent tout ce que je leur dois.

À mes parents, Rollande et Jean-Fabien, pour leurs conseils et pour ce qu'ils sont.

Aux miens, Ninon, Christine, Jean-Manuel, Caroline et Dominique.

Au fantôme bienveillant de mon arrière-grand-père, Jean Roumilhac.

À tous ceux qui, chacun à sa manière, m'épaulent : Audrey, Paul-André, Thomas, Isabelle, Sébastien, Cécile, Donata, Marianne, Marie-Anne, Cédric, Sandrine, Jean-Luc, Henri, Antoine, Marie-Claude, Hélène, Pascal, Élise.

À Gérard Depardieu qui, sans le savoir, m'a fait découvrir le delta de l'Èbre, et Jean-Sébastien Bach pour son Concerto en ré mineur *BWV 974.*

À Victoria Comune pour son regard avisé sur l'espagnol.

À Gabriel Iaculli pour sa traduction de Pedro Páramo *et André Belamich pour celle du poème de García Lorca.*

Enfin, à Valérie Millet et Marc Villemain. Le plaisir de travailler avec eux ne cesse de croître.

DE LA MÊME AUTRICE

Aux Éditions du Sonneur

UNE IMMENSE SENSATION DE CALME, 2018 (Folio n° 2020). Prix SGDL Révélation.

LE SANCTUAIRE, 2020 (Folio n° 7037). Grand Prix de l'Imaginaire.

L'AUTRE MOITIÉ DU MONDE, 2022 (Folio n° 7229). Prix Orange du livre, prix des librairies Folie d'Encre, prix de la librairie Coiffard, prix de la librairie Le Baz'Art des Mots.

SUR L'ÉPAULE DES GÉANTS, 2022.

À L'École des Loisirs

LE SOUFFLE DU PUMA, 2023.

Tous les papiers utilisés pour les ouvrages
des collections Folio sont certifiés
et proviennent de forêts gérées durablement.

Composition IGS-CP à L'Isle-d'Espagnac (16)
Impression Novoprint
à Barcelone, le 11 avril 2023
Dépôt légal : avril 2023

ISBN 978-2-07-299514-9 / Imprimé en Espagne

546189